读客文化

封 锁

小白 著

河南文艺出版社
·郑州·

图书在版编目（CIP）数据

封锁 / 小白著 . —— 郑州：河南文艺出版社，2022.6
ISBN 978-7-5559-1316-0

Ⅰ.①封… Ⅱ.①小… Ⅲ.①中篇小说 - 小说集 - 中国 - 当代 Ⅳ.① I247.5

中国版本图书馆 CIP 数据核字 (2022) 第 034024 号

著　　者	小　白
责任编辑	王甲克
责任校对	李亚楠
特邀编辑	王心怡
策　　划	读客文化　021-33608320
版　　权	读客文化
封面设计	章婉蓓
出版发行	河南文艺出版社
印　　刷	三河市龙大印装有限公司
开　　本	890mm×1270mm 1/32
印　　张	6.75
字　　数	145 千
版　　次	2022 年 6 月第 1 版　2022 年 6 月第 1 次印刷
定　　价	39.90 元

如有印刷、装订质量问题，请致电 010-87681002（免费更换，邮寄到付）
版权所有，侵权必究

目 录

封　锁　　　　　　　　001

特工徐向璧　　　　　　121

后记：小说的抵抗　　　204

封　锁

有个老太太么真正福气好,
早上起来吃点心。
一碗燕窝一碗白木耳,
水潽鸡蛋吃下去,
三碗大肉面,
一只童子鸡。
底下人要问太太阿曾吃饱哉?
格点点心不过点点饥。

——陆啸梧《因果调·福气人》

一

爆炸发生时，差不多下午六点半。该说什么呢？我运气真好？两分钟前我刚跑到隔壁。这种案子根本没法破，丁先生命该如此。日本人大概也明白。要我说，这对他们可能正合心意。炸死个把汉奸算什么事，正好借机派兵。驻苏州河北的"登部队"、陆战队、宪兵队，开着装甲车过来这么一围。报纸上发条消息，叫作"膺惩"。

丁先生要知道我把他叫成汉奸，一定大光其火。上次在明德邨打牌，社会部陆金伯多灌两杯黄汤，说了一句"都是做汉奸，为什么请柬发给他们不发给我们"，结果丁先生大发雷霆，把老陆拉进大西路机关打一顿屁股，连关两个礼拜，说是要好好查查此人背景。虽然大家齐齐求情，总算放人，老陆也给弄得人不像人。后来提到这事情，丁先生说："如果吴四宝手下的人这么说，我不会在意。他们都是江湖中人，一介武夫。老陆一向在政府做事，成天与人作诗唱和，一字之错，我也不放他过门。"

丁先生御下严峻，从前在南京时就很得罪过一些人。到武汉裁撤机关，处长变成一个有名无实的委员，到重庆说重组，竟又失业，简任没混上，把一个荐任倒丢了。从前责罚过的几个手下人，如今不是科就是处，这下子丁先生就混不下去了。先是去香港办报纸，打算另开一台戏，再后来索性跑到上海，投进汪政府。这一落水不要紧，倒把我也拖进来。丁先生对我有知遇之恩，乱世也顾不得许多，只好谁人对我不错，我就跟谁。再说，丁先生一走，在重庆、在香港，我都混不下去。

早就听说丁先生上名单，而且是名单上第一位，一点都不奇怪。从前他管特务，结仇都是这个圈子，现在名单落到那些人手上，翻来翻去，自然丁先生排第一。

有回派人混进去当大司务，准备下毒。灶间都没来得及进就暴露了身份。最险的一次在愚园路，前后两辆车夹牢，手提机关枪乱扫，丁先生人机警，前面车子一停一滑一横，没等杀手跳下车，他就蜷到座位底下。

丁先生抓住刺客，清一色打一顿，再送大西路靶场。劝他也没有用，他说："冤家宜解不宜结，我怎么会不懂这个道理。但重庆方面这么不讲交情，你说怎么办？做人要光棍，你做初一，我不能不做十五。一拳来一脚去，撑一面旗不容易，有些事情该到你发狠，你就不得不发狠。等我们把市面做大，重庆自然会找我们坐下来好好说话。"

丁先生错就错在把汉奸当成一项事业来做，做到天怒人怨。做到结局一颗炸弹。

现场狼藉。阳台上水泥砌栏都炸开。一只野猫从天而降，落在马路对面维也纳香肠公司门口，肚子上插着一块碎玻璃。后来说猫先前趴在阳台上。天上掉下一只猫，剃头店阿二被它吓一跳，一只猫掉下来，会弄出那么大声响？

巡捕几分钟后赶到。架设拒马，清查路人。又半小时，日本兵蜂拥而至，将大楼团团包围。巡捕房英国人起先还要争一争，劳斯莱斯装甲警车开过来，到底也犟不过日本人——他们派来了坦克。越界筑路地段，管辖权争执由来已久。从前日本人没打进来时，租界工部局一段一段租买地契，一段一段往中国地界修路。修好路就造房子。造好房子就有租界居民住进来，租界再派驻警察管治安。国民政府有心争，无力抢。终于达成默契：工部局修成道路上的治安归租界巡捕房管，道路两侧的治安归中国政府。但这一片发生刑事案件，中国警察向来不管不顾，工部局正好步步蚕食。

等日本人打进来，南京政府逃到重庆，租界当局就硬不起来。母国打仗自顾不暇，在租界，能维持体面就不错。越界筑路地段发生治安事件，租界偶尔也要争两下，弄到最后往往是丢光面子。西区就此变成外国报纸上所谓BAD LAND——歹土。

汪政府中的人偏偏就喜欢它。丁先生刚到上海，日本机关曾在四川北路替他找过房子，旁边就是日本兵营。他们几个一商量，婉言谢绝。因为在日本军队卵翼之下，等于自承是汉奸。却又不能住在租界，抗日地下组织密集，安全不能不顾。况且，说起来是打算组府，难道把政府开在外国租界？

住在此地，纯粹是为面子。但说面子也是骗骗自己。总之我老早看穿，混得一天是一天，混不下去再跑到重庆，随便拿点情报交过去，算起义也好，算反正也罢。重庆不见得拿冷屁股贴我热面孔。关键是看准时机，这一注，押得太早冒险，押得太晚不值钱。这么说起来，住在西区也有一个好处。如今进出上海，往苏北也好,"三战区"也好,往西南过青浦、昆山,向西北过太仓,路都还通,朝东那已都是日本人地盘。

所以我如今成天混吃混喝,荤素不忌。只做一件正事,就是多看多听。有什么新鲜事情就记下来,将来不仅可以保身家,亦可以求前途。

二

爆炸后第二天,林少佐带来丁先生消息。送医院也是虚应故事。爆炸发生时,贴身卫士小何提着热水瓶,正在给丁先生倒茶,小何连尸首都拼不齐,丁先生也是满身碎玻璃。大夫说,致死原因主要是那颗假牙。在口腔中弹出,撕裂下巴,切入丁先生颈部主动脉。其实就算不是那一小粒金属,他可能也没有机会活下来。爆炸造成了巨大的冲击力,把他弹出阳台门,撞在阳台围栏上。

林少佐命令封锁大楼,直至抓获行刺者。抓到,当然不可能。爆炸声一响,整个街区都乱了。愚园路转到忆定盘路,一过诸安浜,不要说三两刺客,一整支军队都能跑了。就算没有离开上海,等日本陆战队到时,他们也早就进了租界,说不定正坐在哪家饭店喝庆功酒呢。前一向听说帕克路有家广东饭馆,常有一班人聚会喝酒。又说多半湖南、安徽两省口音。我悄悄查一下,果然有老熟人。军统局、总部内务多浙江人,外头行动人员则湖南、安徽人居多,行内谁都晓得。

这个事情我没有报告丁先生,不想生事。不管怎么说,到底同事一场。天下特务是一家，生存法则不足为外人道。

丁先生被杀，而且是用炸弹，日本朝野震惊。因为先前说好，下礼拜丁先生要去东京开会。参谋本部中国课跳过华中派遣军部，直接给上海方面林少佐发电报，要他处理善后调查。林少佐本身工作无关治安。他负责指导筹建一个特务机关，其要旨在整合和平运动各方分散势力。已在愚园路附近找到一大片房子，正在翻修改建。规模很大，图纸上包括办公楼、家属区、监狱、库房和枪械厂。说起来，本来确定由丁先生领导这个新建特务机关。如果特工总部早点修成，大家搬进去，这颗炸弹也炸不到丁先生。

来沪之前，在香港，丁先生要登门拜见恒社杜先生，老杜不见。后来丁先生听说日本人在收集恒社情报，曾动脑筋把情报搞来，托人送到香港。老杜感其诚意，让人带句话给丁先生，说："道虽不同，来日方长。老丁做人手面是有的。我只替他担心一件事，丁先生太聪明。"

言下之意，劝丁先生不要为聪明所误。果然，丁先生坏就坏在"聪明"二字上。他不肯与汪政府诸人一起住，说都在一条弄堂目标太大。偏偏挑这套公寓楼房，包下整个三层。他说，大隐隐于市，一幢公寓那么多人住，反而不容易引起注意。包下的第一层楼，楼梯口两间房住保镖，平日打开门，拖一把椅子坐在门内，等于武装岗哨。他又说，这条马路附近有美国兵营，有意大利兵营，马路那头就是巡捕房关卡，再也挑不到比这更安全的房子。

君子可欺之以方，聪明人当然会吃到一记聪明耳光，聪明如丁先生，就吃到一颗聪明的炸弹。

三

那确实是一颗聪明炸弹。已是爆炸后第三天，没人能说清它如何跑进丁先生的房间。所幸英国警察先到现场，若是法租界巡捕房，那帮科西嘉人肯定把现场弄得一塌糊涂。如今至少东西都在，那些碎片。

直至第二天上午九点十分，日本领事馆最终迫使工部局警务处让步。总监命令巡捕房警力全部撤离现场。仅仅一夜，而且在日军团团包围之下，公共租界警务处刑事专家就已完成现场取证。也就是说，爆炸现场所有碎片全都分门别类装进盒子，贴好标签，登记在册。这些盒子后来全部转交给前来接管的日本宪兵队沪西分队。

至此，现场一切转由林少佐指挥。上午十点三十分，他下令封锁公寓楼，直到抓获恐怖分子。

如果林少佐真想靠封锁抓获刺客，那就滑天下之大稽了。只需十分钟，刺客就可以跑出大楼，顺着马路向东走一百米，转进横弄堂，翻过篱笆，消失在沿诸安浜那一大片棚户后面。爆炸十多个小时后，如果刺客仍旧在现场，那可真是吃得太饱了。要知道碰到日本人，吃得再饱也没用。

按照日本人的说法，这是"膺惩"，是一种惩罚性封锁。我一听说林少佐把封锁圈从整个街区改划成仅仅这幢公寓，就很替人家发愁。封锁范围越小，时间就会越长。

我有点懊恼。没有趁乱离开公寓。现在好了，林少佐一到现场，连我们都被关起来。小周第一个忍不住，跳起来砸门，叫嚷声把日本人引来。

此时宪兵未曾得到什么命令，要对公寓中人采取什么措施。他们是刻板的机器，随时可以把你杀掉，但如果没有得到指令，他们永远像现在这样面无表情，站在小周面前。

他们只要那么往你面前一站，无论你先前如何跳脚，现在也不敢动了。小周就是那样。所以本来这件事情可能就这么过去了，房间安静下来，宪兵回到过道那头，像几台机器那么站在楼梯口，等候下一个命令。

可是小周害怕了。看到日本宪兵横起枪，枪上还有刺刀，他放了一个屁。这种事情谁也说不准，一夜没有睡好，爆炸让人肠胃失调，也许他早上吃了什么东西，早饭应该干稀搭配，但此刻也只能随便找点饼干充饥。小周年轻胃口好，也许他另外打开了梅林罐头。隔壁房间他床头柜上，确实有两只罐头，一只牛肉，一只番茄沙司，总之都是些不利于消化的东西。总之他放了一个屁，也许他什么都没吃，饿着肚子放了一个屁。在一片肃静中，声音特别响亮。这是严重的不敬，得罪了日本宪兵。日本兵下意识地吐了口唾沫，人群中发出笑声，有人用本地话悄悄在后面说："太君真讲究，吃个屁都吐核。"笑声更响了，直到小周被架到公寓门外，仍未止歇。

不久就传来号叫声。叫声平息后很久,小周才被日本宪兵拖回来。

他靠墙坐在地上,浑身发抖。别人七嘴八舌,他只管反复说一句:"把我拎起来往地上摔。"

室内一时间安静下来。这些人当汉奸也不是一天两天,到现在都摸不透日本人的脾气。客气起来,客气得不得了,动不动给你一个鞠躬,你都来不及回礼。可说翻脸就翻脸,你也是连害怕都来不及。

我稍微猜到点大概,那颗炸弹来得太突然,日本人多半连我们都有些怀疑。但爆炸时,这帮人一个都不少,全在301房间。十几分钟前,跟丁先生一起回家,都在房间抽烟。我把一瓶开水送到丁先生房间,给他泡好茶,递给他报纸,也跑到301,我刚坐下,没等点上香烟就地动山摇炸起来。确确实实,那帮人一个不少,全坐在一块儿抽烟。

门打开,两个宪兵进来,把窗户都用钉子钉上。他们走后丁鲁小声说:"这样子对我们,早知道真不如跑到303跟丁先生一起被炸死。"

要真被炸死,你可连这么发句牢骚的机会都没有。丁鲁是丁先生乡下族侄。丁先生带他出来,既做司机又当保镖头目。丁先生一出事,他日子可就难过了。

四

封锁令下达几小时后,新的秩序形成了。宪兵队大部分退到公寓外面。大门两侧堆起沙包,装甲车停到公寓旁夹弄里。大楼背后也派了岗。但公寓内部却很少看到宪兵。一阵惶恐过后,看到宪兵不加过问,有人便开始活动。

什么叫乌合之众,平时看不出。到这会儿你看丁鲁那帮人,进进出出上蹿下跳,一个个满头大汗,倒像在操办什么喜事庆典。有抓个人上来喝问的,也有到处给记者打电话的。

没多久便意识到自己也是怀疑对象(那原本显而易见),又有人忙着出头,疏通讲理。一天折腾,把力气用光,到晚上才想起,要找东西填填肚皮。大家跟着丁先生,向来不开伙仓。住公寓本来是短局,不宜携带家眷,何况这帮人多数也没有成家立业。几个人凑一块儿,竟无一粒存粮。本来也是惊魂未定,拿点饼干蛋糕充饥算数。

凌晨有雾,偶尔传来拖动拒马的声音,那些生铁焊造的家伙看起来就像怪兽的牙齿,横在公寓楼下。从303那头传来敲打声响,叮叮咚咚，不知他们在干什么。

审讯上午八点开始。从顶楼往下一户户拉人。我们这些追随丁先生的人也要照此顺序，逐一提审，没有特殊待遇。间或杂乱脚步声响起，此外，整个白天公寓安静得像戏园后台。

提审到三楼，已是下午。有人回来一说，原来地方在303室。昨天日里夜里各种古怪动静，全因少佐大人突发奇想，是他下令修复炸毁的房间，拿它来当审讯室。

丁鲁之后就叫我。林少佐果然是个疯子。303室修葺一新，竟然看不出爆炸痕迹。林少佐背靠窗户，坐在桌后。四月天色早暗，看不出表情。我跟他算得上熟人。多数在跟随丁先生开会的场合，有一回在"六三花园"晚宴。此人有名的特立独行，藐视上官。据说某次开会突然发怒，起身拍案大骂顶头上司是"便所之扉"，形容那位少将特务机关长办事缺乏主见，像厕所门，朝哪边都能开。他从东三省被一脚踢到华中，不是没有原因的。

少佐低头看一沓卷宗，任由一侧小桌后的书记官提问：姓名、年龄、职业、与被害人关系、爆炸发生时人在何处。我自然处之以公事公办态度，此刻也不必亟亟乎拉交情。书记兼当翻译，他一边记录我的回答，一边大声用日语翻译。其实林少佐晓得我能说日本话。他也能说中国话。

"马先生，你是丁先生最信任的部下，在案件调查中你要大力协助。"林少佐突然抬头说这么一句。他突然说起中国话，我脑子一下子转不过弯来。

"皇军可以依靠的人实在太少了。"

我点点头，却意识到想要赞同的原本是前一句话。

"这些人都不老实，"他用手指敲敲桌上那沓记录，"说谎成性，毫无意义。难道皇军不了解他们？难道皇军不知道他们原来都是'蓝衣社'和'CC团'的人？有些人甚至是转向的共产党。既然投奔大东亚共荣圈，就要老老实实。这个蔡德金，从前在租界报纸上写过反对大日本帝国的文章，有人告诉我们，这两天他在房间里说了不少话，我们上午问他，为什么不肯承认？"

"少佐，人说了什么，未必就是做了什么，人做了什么，未必就会说什么。"

"马先生，你认为他没做什么。那你是要为他担保吗？"

我连忙摇摇头。

"那么，马先生，你说谁在做什么，谁没有做什么，你所说的做什么，到底是指做什么？"

"就是说——朝丁先生扔炸弹。"

天色渐暗，有人打开一盏灯，强光照到我脸上。如果没有电灯，审讯就会在晚饭前停下来吧？爆炸发生后，我第一次感觉到饥饿了。

我忽然想明白，为什么日本人要把我们也列入嫌疑名单。因为——那颗炸弹不是扔向丁先生，而是事先就放到房间里了。

那其实是显而易见的。要混进公寓，跑到303门口，朝丁先生房间扔出那颗炸弹，鬼才办得到，或者隐身人。301室在楼梯口，丁先生把警卫人员安排在这个房间，就是要起这个作用。这个房间从不关门。保镖们拖来两只竹榻，轮班坐在门口。

从街上向窗口扔炸弹，也几乎不可能。丁先生向来小心，从不开窗。阳台上，一年四季都挂竹帘。

"是啊，海军武官府派来了陆战队爆炸专家。他们得到的结论也是这样。爆炸是精心策划的。马先生，你从南京特工总部时期起就一直追随丁先生，在人事方面相当熟悉。依你之见，无论'蓝衣社'或者'CC团'，他们中有没有人能设计出这样一颗炸弹，让它恰好在丁先生走进房间后爆炸？"

"我不熟悉做行动工作的部门，战争爆发后，丁先生离开特工总部，人事方面很隔膜了。"

"噢，是这样吗？"

"但我可以确定，这些人当中——"我把手举起来，隔着墙朝301方向虚空画个圈，"没有一个受过炸药方面的训练。"

我们这些跟随丁先生的人，本来觉得自己大可不必担心，顶多判个公事不力，致误丁先生性命。正在新政府用人之际，也就是关几天，自然会释放。可如果炸弹是事先放到房间里，那最要怀疑的人倒正是这些人。说句老实话，我也不敢替大家担保。这辰光谁能给谁打包票？就丁先生这群贴身保镖，从前有跑马场马夫，有赌场打手，现在背上盒子炮，都算特工总部警卫大队人员。丁鲁、小周，一个是丁先生八竿子打不到的亲戚，一个是政府机构失业小职员，个个都是跟丁先生混口饭，个个见钱眼开。何况老丁既做汉奸，人人得而诛之。背后头这些人的心思，啥人猜得透？

好像猜得到我心思，林少佐看看手表，对我说："马先生不要太担心。你一直追随丁先生，我们信任你。你很有头脑，'和平运动'需要你这样的人才。我看你不如帮我做点事情。白天你就在审讯室做做记录，有什么建议随时告诉我。晚上你仍旧回自己房间睡觉。"

紧连着审讯室有个小套间，原先是个卧室。推开门，空空荡荡，只放着一张圆桌。桌上大盆内，堆满几十只牛肉煎包。我忧心忡忡，一天没吃东西，觉得这油腻腻冷包子也成美味。

五

封锁到现在，已是第三天。种种不便，公寓居民渐次习惯，足见人最擅长适应环境。正式封锁令是在爆炸后第二天上午贴到公寓门口的，但从前一天傍晚爆炸发生后，人员一律未曾放行。人员从外面是可以进入公寓的，但都被严格搜身，一应字纸、食物、日用物品均不得带入。实际上，除爆炸当晚有人下班回家，此后从未有人试图进入公寓。

居民中最早出现的骚动，发生在爆炸后第二天上午，因为要上班。他们在底楼门厅吵得越来越响，有的胆子大点，便接近封锁圈同日本宪兵讲道理。领头那位叫杨明晖，住五楼，在日商会社上班，会讲几句日本话。不知哪句话惹恼了日本人，他被一名宪兵从肩后摔到楼梯上。余下众人很快散去。

热水供应问题随后出现。公寓中水龙头原本分冷热两种，家家户户灶披间竖着一台黄铜炮仗炉，烧煤气。这是新鲜花样，打开龙头，热水在管道里隆隆作响，有一位新晋女作家将那声音形容作"空洞而凄怆"。

这两年煤气公司断续停供，有时一整天都不能开火。空洞而凄怆的声音就此销声匿迹。公寓居民先是到马路对面老虎灶拎开水，后来索性跟老虎灶说好，让他们每天灌满热水瓶，送到公寓按层分发。每家在各层楼梯口放几只空热水瓶，用油漆在瓶壳写上门牌号，老虎灶派人每天上午下午收取空水瓶，灌满热水再放回到各层楼梯口。

大楼被封锁，老虎灶上的人不敢来了。有人看到我在帮日本人做事，便来请托，看能不能跟林少佐求情，每天让老虎灶送点热水进来。然而这个忙暂时帮不上。也许过一段时间。我建议他们碰到煤气灶能开火，多烧几瓶备着，平时就节省用水吧。

各种困难接踵而至。沿街不许开窗，生活垃圾不许出大楼，也不允许把垃圾堆在走廊。这些都能忍受，可是食物——

战时大家都存点米油，但封锁第一天傍晚——我当时正在啃着那堆又冷又油腻的牛肉煎包——少佐巡视大楼走廊，看到每家每户都在开灶做饭，回到303立即下命令：明天一早入户搜查。搜查结束后，公寓每家居民的存粮都见底了。

"对于坚定追随'和平运动'的人，皇军能不能分配一些食物给他们？"

我把刚整理好的一份人物简述交给林少佐，顺便向他求情。似乎那份文件的第一行字就足以引人入胜，他用手指顺着装订线抹平，用心读起来，没有回答我的请求。

我稍候片刻，只得转身离去。出门前，他忽然递过来一把钥匙："马先生，宪兵队搜查没收的东西，存放在工具间，交给你保管吧。"

宪兵队逐户搜查，强行没收的居民储存的食物，此时全都堆放在三楼走廊尽头工具间。林少佐把这堆食物交给我，他的心思实在让人猜不透。

六

绝望情绪渐渐滋生。可以拿来吃的东西越来越少。电话线没有切断,不知是谁给住在租界的亲戚打电话,半夜里有人隔着乌漆篱笆朝楼上扔食物,有装大米的小布袋,也有饼干盒子。那条泥路从诸安浜一侧棚户绕出,穿过大片荒地,一直通到公寓背后。荒地堆满各种垃圾,野草疯长,高没膝盖。夜里日本宪兵不太愿意跑到公寓这一边来。这条运输线路原本是很有可能打通的,但是失败了。

饥饿的人对食物尤其敏感,稍有动静,整幢公寓都警醒。没有人敢亮灯,在月光下撬开钉子打开窗,压着喉咙指引方向。小包食物接连扔进来,多数跑偏到别人家里,于是引起争执。在楼道里互相敲门,指责对方打横炮"截和",引来了日本宪兵。情急中,杨明晖开窗喊叫,企图在宪兵发现前最后一刻多运些食物进来。那两头大狼狗先前就竖起耳朵,这下听个分明,转头就朝公寓背后篱笆墙蹿去。

日本兵朝诸安浜方向开了几枪,又冲进楼道,把居民赶出来,统统蹲在门厅。先前他们因为饥饿忘记了恐惧,现在则因为恐惧忘记了饥饿。

都以为一到天亮,诸般难以想象的残酷惩罚就会降临到他们头上。从城市周围偏远郊乡常常传来一些消息,令人发指。可是林少佐上午回到公寓,只是命令宪兵重新搜查,昨晚运进房间的食物再次没收。随后所有人被赶回家中,却并未深究,没有枪毙,没有任何暴行。被搜到食物的居民,情知昨夜违反禁令的行为已坐实,他们一面惊魂稍定,一面又开始想象更大的灾祸即将临头。

新的告示贴在门厅里。如果有人能够向皇军提供有价值的线索,可以得到奖励的食物。如果有人继续擅自偷运食物进入公寓,将以触犯军事禁令的罪名加以惩罚。

临近中午,宪兵又把居民驱赶至楼下门厅,林少佐让我站在人群前,向他们宣读告示内容。这不是什么好差事,我想他们每个人都恨不得扑上来吃掉我。我没有下命令封锁公寓,我没有朝偷运食物的人开枪,可这一切现在毫无疑问都跟我有关。到头来有些事情没法耍滑头,没法含混过关。我担心他们忍不住饥饿,往刀口上找食物,再去做点小动作,偷偷往公寓中运粮食,惹得日本人真动了杀机,我这笔债就算不清了。

"马先生,对封锁公寓,严禁运入食物这件事,你怎么看?"回到审讯室,林少佐忽然问我。

"饿到这种地步,再没有来报告的,他们也许真说不出什么情况了吧?"

林少佐摇摇头:"他们可能看到什么,听到什么,看起来没有什么意思,但报告了皇军,却是很有用的线索。有些事情发生在他们面前,看起来很平常,他们可能忘记了,饥饿会帮助他们想起来。饥饿会让人头脑清醒。"

他想挖出线索抓到刺客，此举颇有些不合常规。租界内外刺杀事件层出不穷。日本派遣军司令部素来只是封锁惩罚，如果当场未能拿获，没有什么人会异想天开，试图抓捕刺客。但在林少佐，也不算特别反常。此人一贯好大喜功，曾擅自策划偷袭苏联边境。听说战役失败后，他把被苏军遣返的军官分别单独关押，羞辱他们，不给食物，只给他们一人发一支手枪，装一颗子弹。这些关东军军官最后都自杀了。此事几近杀人灭口，但不知为什么，军部只是将林少佐另行派遣，未予深究。

这一回，不知他又想搞出什么花样。

我们这些人，没一个会做饭的。从林少佐那里弄来一大堆食材，米、油、鸡蛋、咸肉、鱼干，也只能捉着手你看看我我看看你。

到后来小周出了个主意，不如找人来帮忙。

"杨明晖家小新妇，会做一手好小菜。杨家在日商会社做事，总归也好算亲日分子。"

杨家媳妇一上灶，油烟饭香顿时弥漫。几根黄鱼鲞，蒸得云雾缭绕，一时间整幢楼悄无声息，只剩下那一股咸鲜气味在楼道门缝飘进飘出。

丁先生未出事辰光，301室从来不关房门，如今也沿袭那种旧习惯。厨房间的门虚掩着，里厢灶台上，站着杨家媳妇。煤气一时有一时无，饭也做得断断续续。这倒对了小周胃口。汪政府中的人，既已当上汉奸，身前身后名是不想了，从上到下个个都是醇酒妇人。而且情场征逐，大家先到先得，不争不抢。

既然小周先一步落手，别人就在房间抽烟闲话，只等饭菜上桌。耳听得厨房间絮絮叨叨，一时间忘却离乱江山。

有人伸头进来，怪叫一句："真香。"

是鲍天啸。住二楼，202。苏州人。我不喜欢他，是个滑头货。丁先生刚住进来时，他总喜欢有意无意凑上来。门厅里楼梯上，毕恭毕敬打招呼。丁先生是大人物，有心人每天读读报纸，自然认得。一趟两趟见多了，丁先生也叫人打听他。又问我。我知道这些人，生逢乱世，穷极无聊，多半是在找机会。况且是个文人——调查下来他是个写连载小说的亭子间作家。这种人最难弄，多数过河拆桥翻脸不认人，不值得帮他说好话。我对丁先生说，虽说"和平运动"首要人才，其实最要紧是武人。文化人嘛，等大局明朗，自然蜂拥而至，不亟亟乎一时。

有人叫他滚开。又有人在角落里冷冷说一句，饿煞鬼投胎。鲍天啸脸上更是笑开了花，有人骂好过没人理会。他自说自话跨进门，有那么几秒钟，他忽然神情恍惚，进到房间里，鲜香味更浓郁了。顺着气味方向，他急速转头一瞥，随即定格，下巴停在半空中，像一个突然失明的人在寻找方向。几秒钟后，浮滑的笑脸又回来了。但在那转瞬之间，他决心已定。

他朝我看来，说："马先生，如果有关于爆炸案的情况要报告，是不是来找您呢？"

我想了一想，回答他："你应该直接找他们报告。"

"这里能跟日本人说上话的，也就只有马先生了。"

我掐了烟，起身把他带到审讯室，递给他一沓印有竖格线的纸。你自己写吧。

七

审讯室原先是丁先生的客厅。房间很大，朝向街道的那部分是个凸室，像舰桥，也像个大玻璃笼子。硕大窗户，几乎占满三面墙。乳白漆细钢窗，镶嵌着从英国洋行订购的巨幅平板防弹玻璃，这种玻璃原本是用在汽车上的。丁先生入住后，为安全起见，房屋由日本工程师监督改造。特工总部警卫大队刚刚成立，又特地派来开锁专家来做破坏测试，想尽办法也攻不破门窗。不要小看这些家伙，特工总部确实搜罗了一批奇才异能的江湖人物。

可最后仍旧发生爆炸。我去过现场，瓶瓶罐罐炸得粉碎，墙壁和天花板上嵌着瓷片，到处是炸成碎块的地板，大部分都已烧焦。满地都是墙纸碎屑，连金属都扭曲变形。

没有人猜得透林少佐的心思。修复现场，拿它当审讯室。是急于抹去反抗痕迹让城市恢复秩序？或者，纯粹出于某种古怪的戏剧天性？

凸室像个朝向街道的舞台，阳光和喧闹透过窗户，像被人精心挑选过一般落在室内，增强了舞台上的效果。封锁三天，已有消息灵通的记者站在马路对面的弄堂口观察。那条弄堂到底有一家俱乐部，前楼开舞厅，后楼开赌场。屋顶天台布置得花团锦簇，到夏天，舞场就搬到天台上。此刻颇有几个伶俐善钻营的家伙，扛着照相机跑到天台上朝这边看。

林少佐突然向上伸直手臂，两手握在半空中，就像举着一把军刀，挺着腰先向左画半圈，又向右画半圈。他起身站到窗后，摸了摸窗框，又摸了摸插销，随即打消开窗念头，似乎观众太少，让他厌倦了这番做作。他回头盯着鲍天啸。

鲍天啸垂首缩坐椅上。他是首度出台的主角，惶恐地发现自己已失去对身体的感觉，只得双手使劲摁住大腿，从中获得一点安慰，鼓起勇气等候轮到他的第一句台词。

一份人物简报放在审讯桌上。按照林少佐要求，我汇编了审讯笔录，又从巡捕房档案卷宗上摘录了几段。自从公共租界警务处由日本人担任副总监，政治部以外所有档案，日本人已可随意调阅。

鲍天啸。男。三十二岁。籍贯苏州。昭和十年间来上海，现居愚园路贰佰壹拾玖号甜蜜公寓二楼202室。先从业英商卜内门洋行，复因故被辞。甜蜜公寓202室由鲍天啸与人合租，其共同租户何某系鲍天啸洋行同事。据何某称，渠因好酒成性，工资不敷酒楼的账。向同事借钱不还，致于写字间内争吵打架。辞离洋行后乃以鬻字为业，投稿于本埠文艺小报，多为连载公案小说云云。

渠云六月三日爆炸发生当日午后，一直在家中赶稿，未曾出门。后又称中间曾短暂出门，至马路对面烟杂店购买两包香烟。渠云据仔细回忆，未发现爆炸前后公寓内有可疑情况。

"——鲍先生。"

林少佐很有耐心,他假定马路对面那稀稀拉拉几名观众能听见他的声音,为了显示舞台技艺,他甚至略略改变了一下发声位置,加强了声音的效果。此刻那位审讯对象正努力进入角色状态。如此一来,也许对他有所帮助。

"几天前,在第一次调查笔录中,你说那天下午只顾赶时间写小说,直到爆炸声响。像报纸上教育市民的那样,你连忙钻到桌子底下。显然你以为炸弹是天上掉下来的。一两分钟后,你听见外面有人在跑动,这才离开房间。

"现在,爆炸过去三天。你坐在自己的房间,忽然想起来了,有一些情况你没有及时告诉我们。你决定纠正过失。确实是个过失,很严重。因为时间过去三天,情况有了变化,先前有用的线索,现在可能断了。没有人傻到会坐在房间里等三天。他们没有受过训练吗?他们是乡下的农民吗?他们买不到船票?他们的香港脚烂了不能跑路吗?顺着越界筑路一路向西,在那些稻田和油菜花地里跑上两天,他们不就能找到自己人了吗?"

鲍天啸吃惊地望着林少佐,像个临时演员,被叫来顶替别人上场,完全跟不上节奏,把台词忘得干干净净。

"不是——也不是那样,"他试图扭转局面,让剧情进展得慢一些,"我不知道有没有用,对破案。毕竟那是个女人。"

"女人?"

"我不能肯定跟她有没有关系。谁会想到女人呢?会扔炸弹的女刺客,外国小说也不会这么写,女人不适合用炸弹。不过仔细想想,在这种情况下,陌生人总是可疑的。虽然那是个女人。"

"你认为扔炸弹的很可能是一个女人?"

"她拿着盒子。可能是点心盒。我意思是说,当时看起来,那是一只普通的盒子,装在网兜里。"

"用网兜提着点心盒,是来做客的。那么谁是主人呢?"

没有。所有的讯问笔录都在这里,每个人都仔细交代了爆炸当天所见到所听到的一切,没有任何人提到那天下午家里来了客人。

到目前为止,最有价值的一条情报线索浮现了。尽管日本方面看起来并未给予足够重视。林少佐把鲍天啸交给我做笔录,自己跑了。

比起情报本身,林少佐似乎更重视如何发奖品。他抱着手臂,用一只手不断揪着上嘴唇,视线越过鲍天啸头顶,好像那儿有一本菜单。他稍有些举棋不定地建议:"午饭时间已过,先来点松鹤楼虾油拌面点缀点缀,如何?鲍先生,你有什么要求,尽管向马先生提出来。"

"如果日本人确认了,是不是就可以解除封锁?"

林少佐离开后,他问我。

"如果能抓到罪犯,当然会解除封锁。"

"刺客是外面的人,何必抓着大家不放呢。"

这就是他的动机吗?报告,刺客是个陌生女人,提着炸弹呢,别以为装进盒子我就认不出那是颗炸弹。然后宪兵们就欢欢喜喜地撤回兵营了。为什么不呢?反正刺客不是本地居民。如果这就是他的想法,他可真是在玩火。

门口那两名宪兵被派去松鹤楼,开车来回需要半小时。我怀疑鲍天啸是饿疯了,想要从虎口里寻点吃食。

八

爆炸那天下午,他在赶稿子。最近有一部连载小说听说过吗?《孤岛遗恨》,他矜持地告诉我,连载三个月,没想到读者喜欢。编辑部甚至专门请他吃烧江鳗,狮子楼上雅座里,老沈问他,这故事能不能再多拖个十天半月。

"那天下午,大概三四点钟样子。应该是三点半左右。我写上一段,就会停下来看看时间。我总是那样,逼急了倒能想出好主意,每次交稿都要拖到最后。"

有人在楼道敲门,轻轻地,但很急促。听声音他以为是隔壁。201室住着赵太太,于是他好奇心发作,悄悄跑到门后,凝神细听。当然啦,那是很自然的,他是作家嘛。如果是在敲赵太太房门,谁会没有兴趣呢?

你没听说吗?他诡秘地指指我的桌子,这种事情能不能不要写下来?赵太太去年刚成了寡妇。就在春节前几天,赵先生在家门口被人枪杀。赵先生是法租界巡捕房高级警官。为维护公董局仅剩下的那么点尊严,葬礼办得特别隆重,从维尔蒙路到格洛克路,一路上都有人围观送葬队伍。葬礼结束后,赵太太立即搬了家。过年时巡捕房还专门派人到甜蜜公寓,给赵太太送去一大笔抚恤金。

你不知道吗?说起来也对。你们是甜蜜公寓最神秘的住户了。没有人敢随随便便跟你们说话。

"这么说来,你胆子很大。你不是常常主动找丁先生说话吗?你不还总跑到三楼我们那儿去吗?"我笑着说。

他没有理会我话中嘲讽之意,坚持要把关于赵太太的故事讲完。听说那时候赵太太刚搬来没多久呢。刚过了年,是正月里。半夜三更门房老钱上楼关灯,你说巧不巧,撞上奸情了。男的站在门口,赵太太站在门里。啊呀呀,赵太太连裤子都没穿。

"瞎说。"

老钱说,挂在她屁股上那条短裤,跟不穿有啥区别?就这么跳出被窝急急来开门。那不是才三月嘛,你想想,夜里有多冷。老钱真是个人物。你想知道这地方有什么新鲜事?到门房间坐坐,陪他吃吃花生米,喝杯黄酒。他是"包打听",情报贩子,故事大王。他还有考据癖。他会从床板下掏出一本画报告诉你:喏,就是这种式样,赵太太也是穿这种短裤。无人质疑,因为赵太太只在自家卫生间晾晒亵衣。

鲍天啸站在门口,耳朵几乎贴在门上。他好奇心发作,一定要活捉苟且偷欢的奸夫淫妇。这一次轮到他了,他要向大家证明,谁才是这座公寓里真正的故事之王。但敲门声不是在隔壁。他失望了吗?

"我想起来了,人都去虹口公园了。'天长节'庆典,丁先生请大家去观礼。"

连用人们都去了,典礼后凭门票领取福袋,大福团子,金平糖，女佣们最喜欢。丁先生拿来一沓门票，丁鲁领着几个人一家一家送。这证明公寓到处覆盖的护壁板是有用的，他坐在自家房间能听见敲门声，完全是因为周围太安静了。

他抓起裤子穿上。他午睡刚起来，裹着棉被坐在桌前埋头书写。他喜欢把自己裹成一只大口袋来写作，就像杂志上木刻的巴尔扎克。他来到门外。有人在三楼敲门。三楼是丁先生和你们这些人住的。我们从来不去三楼，但大家都晓得，三楼是不断人的。丁先生有警卫，有保镖，也有用人。来了访客，301就会有人出来接待，他们总开着门。

敲门声持续了一会儿，客人开始说话。是刻意压低声音地喊叫。这会儿他听清楚了，是女客。他站在楼梯边，竖起耳朵，听见门锁咔嚓作响。于是戏剧性的一刻出现了，他快步上楼，从楼梯间伸头看。陌生的女人，两只手都在钥匙孔上，一只捂着另一只。地上放着一个大盒子，套着网兜。

"你们说话了吗？"

他问了，丁先生不在家吗？她回答了，那我等等他。

"这么说，她进门了？"

松鹤楼虾油拌面送到时，鲍天啸已完成供述。林少佐站在审讯桌前很快读完笔录。他打开盒盖，三只仿制乾隆五彩大碗。雪白面条上厚厚覆一层艳红虾脑，闪闪发亮。

不，这一点鲍天啸无法给出肯定答案。回想起来，他什么都没看见，他只是"认为"他听见了打开门的声音。

可是林少佐，同文书院和陆军大学的高才生，既是中国通，也是出身于参谋本部谋略课的后起之秀，在他面前，可不容易蒙混过关。你说的任何话,他都要亲自试验。他命令两名宪兵去楼下,一个站在楼梯间,一个跑到二楼鲍天啸家,关上门,站在门后。宪兵队耳朵最尖的两个,如果鲍天啸能听见,他们当然也能听见。如果连他们都听不见,那么鲍天啸十有八九在说谎。

而此刻,林少佐站在鲍天啸面前,盯视着他,一分钟,或者两分钟。他又转到椅子背后,伸手拍了一下鲍天啸的肩膀。

他坐回审讯桌前,摸摸领扣,又抱着手臂,好一阵不说话。然后他开始笑,笑得越来越响,笑得像是在演戏。他把碗端到面前,用手指比齐筷子,把面条卷进嘴,牙齿闪闪发光,如某种不知名刑具。他吮吸、咀嚼,红色虾油沾满嘴唇。他故意延长这恼人的声音,让它在室内回绕,钻进别人的脑子,让人坐立不安。

"鲍先生,几分钟前,我们做了一个小小的试验。结果证明那天下午你根本听不见303房间的敲门声音,你欺骗了我们。你想误导皇军。可是,为什么呢?你为什么想把皇军的注意力转到公寓外面去呢?我们不禁要这样想,是不是你早有所知,了解真正的罪犯是谁?也许那个刺客就是公寓中某位居民?难道你本人参与其中,所以你想转移皇军视线?"

宪兵从阳台上提来一只水桶,面和碗全都扔进桶里。他们从背后猛踢鲍天啸的座椅,他连人带椅翻倒。有人抓住他的头发,把他拎起来,按着他,跪到地上。

右侧那扇门原本通向卫生间,瓷砖已重新铺设,甚至搬来一只新浴缸。现在那里变成刑讯室。也许是因为地面坚硬,容易清洗。

林少佐点点头,宪兵把鲍天啸拖进卫生间,关上门。很快传来一阵沉重的闷响。二十分钟后鲍天啸回到审讯室,他被放回座椅,衣服破了,手臂僵垂。宪兵队不常使用刑具。他们用拳头打,用皮靴踢，或者把人提起来往地上摔。

"鲍先生，小说家常常会出差错，有些关键细节不合逻辑，于是整个故事就垮了。读者会觉得自己有权质疑，他们会用自己的方式来批评作家，但还来得及修改。挑剔的读者很有好处，他们提供意见，帮助你讲出一个好故事。"

鲍天啸改变说法。他在楼梯上见到了那个陌生女人。他急于领赏，所以对事实做了一些改动，而且不免添油加醋。这一点林少佐是能够理解的，作家们不都这样吗？

他并没有埋头写作，没有那么专心。实际上，那天下午他写得不是很顺利。他出门买香烟了，烟杂店在马路对面。碰巧在楼梯上遇见那个陌生女人。

少佐说："时间呢？"

"三点半左右。"

"你遇见她——准确的位置在哪里？"

"我刚出二楼楼梯间，正下楼梯。"

九

那天晚上有人说，鲍天啸绝对不是自作孽想寻死。他自己找上门，向日本人报告刺客线索，举动看似发疯，其中却另有缘故。"他是不是想到日本人那儿去找靠山？"当时老钱猜测。他敲开每一扇紧闭的房门，压低声音把消息告诉大家。

此刻公寓中的人，好像得了自闭症，又好像蝼蚁退缩到洞穴中，不相往来。楼道寂然无声，整幢公寓似乎只有老钱是活人。他照旧按时上楼巡视，咳嗽声大得像个国王。他训斥那些窗栓，在楼梯间咒骂热水瓶，宣布每家每户必须将写有自家门牌号码的热水瓶拿回家，即刻执行。一转身，他又拿扫帚出气，一脚把它踢到墙角。

即使是日本宪兵，也不得不与老钱妥协，承认他与众不同的地位，依靠他管理这座被占领的公寓。由他负责扫除楼道垃圾，修理不时会出点问题的管道，他成了这块被占领土的主人。他与站岗的宪兵比画手势，他任性地敲敲随便哪家的房门。公寓中有几位先生太太他素来敬畏，认为"有身份"，人家难得跟他说几句，他也都垂着手赔着笑。可凭着新近获得的地位，如今他也能板着面孔拒绝，那个不行这个不能。看到人家愁眉苦脸轻声轻气，他反而要开几个玩笑，声音特意响亮一些，好像如此一来，身份就能得以巩固。

后来，也是老钱最早转变看法，跷起大拇指，一五一十说起来，好像当初他就能识于微时，看重鲍天啸，并与他结交。他是鲍天啸的坚定辩护人，又好像成了他的铁杆戏迷，好像在他眼里，鲍天啸所有举动都意味深长，一招一式都有既定目标。

即使到那时，关于鲍天啸的动机仍存在争议。反对者说他不过是赌一条烂命，是淹死前胡乱抓根稻草。他们内心深处也许有点不安，当初他们逼迫他，弄得他只好去找日本人。但就算他们隐约感到愧疚，也不会自己站出来扛下罪名。不管怎么样，鲍天啸确实偷吃了人家的东西。生死一线间，一小片面包、半碗米饭都性命攸关。怎么能说他们先前做得不对呢？

封锁第三天，人都饿昏了头。近来，日本宪兵队频繁出动封锁，但此前从未动过食物的脑筋。封锁把公寓变成一个与世隔绝的监牢，而断绝粮食就像是再加上一层牢笼，饥饿使人彼此隔绝，成了孤魂野鬼，每个人都躲在家中，躺在床上，坐在角落。

鲍天啸却忽然活跃起来，神神秘秘放出消息，说他有办法弄到吃的。现金交易，一袋米五百块。一瓶美国进口牛肉精，五百。一罐福牌乐口福，三百。在战前，这两三袋米的钱就能买一辆小汽车。有人咋舌，可是也有人出得起。再说，你也要替人家想想，在宪兵队封锁下组织黑市交易，抓到会被枪毙。

说实话，我听说价钱这么贵，也吃了一惊，没收的粮食堆在工具间，林少佐把钥匙给了我。我有一大堆食物，我的脑袋也还正常,我还能像正常人那样判断一样东西能值多少钱。

那桩买卖,细节无从查考,大概是鲍天啸收了钱,但没有按照约定给货。可能给了一部分,后来突然断货。我想他一开始不过是想从中腾挪,希望用后账补前账的办法来应付。他没钱,又是个天吃星下凡,在这种情形下,谁会不拿过手的粮食先填饱自己肚子呢?他可能觉得,哪天封锁解除了,事情不就结束了吗?一旦云开日出,别人也不会太为难他吧?但他亏出个大窟窿,腾挪不开了。于是,有人闹起来。

蒋存仁领头,他是房东。公寓真正的业主是一个英国洋行老板,一年前回国,离开前把公寓名义上转让给蒋存仁,私底下另做一份协议,约定哪天他回来,有权无条件收回公寓。

审讯鲍天啸的那天晚上,我回到自己房间。我住302室,除了震碎几扇窗,炸裂一堵墙,一只热水瓶和两盘瓜子翻倒在地上,爆炸没有对这个房间造成更大影响。但爆炸给我个人生活带来一个需要好好斟酌的难题。爆炸之前,我只是追随丁先生,为他工作。爆炸过后,我却成了个如假包换的汉奸,给日本人做事。"汉奸"这两个字,再也不能像以前那样只当成一句玩笑话。

要不是蒋存仁,我宁可在隔壁混到半夜睡觉时再回来。因为还能开火做饭,如今301室有一种奇异的家庭气氛,好像在刻意上演一部角色错位的喜剧,一群惯于打家劫舍的强盗围坐饭桌,说些家长里短。外面有更狠的日本宪兵,他们只得轻声细语。

甚至连女人都不缺,杨家媳妇来帮厨,要把一切都收拾妥当,她才能带点剩饭剩菜回家。假如来个外人,可能误以为小周才是她男人。

是门房老钱替蒋存仁上楼传话,说他想来见我。他在担心什么呢?我虚掩着房门,他像个老乌龟慌了神,从门缝里先伸进来一只脑袋,又缩回去,然后悄无声息进了门。

他惊魂未定,呼哧呼哧喘气,多半觉得刚刚那几步路是冒了大险。

"你们好大胆子,敢做这种事情。"

我索性吓唬他。

"都怪鲍天啸这个王八蛋。马先生,你要出来讲一句公道话。"

我忽然明白他是来威胁我的。在这出戏中,他会是主角。他手上有好几副牌呢,他可以花钱买通我,也随时可以翻脸。这是老一套,好多年不用了,但现在仍可以信手拈来。

我恰到好处地笑了笑,点上一根香烟,装作没有看见他正热心地盯视着桌上那杯乐口福。

"老蒋,你太不小心了。"我板起脸教训他,"做人要老老实实,不要投机取巧。你的花样太多了,在日本人背后你也敢瞎胡搞。你是有案底的。"

他的手停在口袋里抽不出来了,我好奇那里头有什么,小纸片?金条?或者他其实就是想掏一包香烟?

"你的情况,特工总部是很清楚的,宪兵队也不会不晓得。民国二十四年,你在南市搞了一个抵制日货协会,查抄了很多日本商品。租界里所有抗日分子,我们都摸了底,你是记录在案的。"

他激动起来:"啊呀,马先生,那时候谁知道他们会打进来?那时候谁不喊两句抗日口号?丁先生也是反对日本的,马先生你不也是反对日本的吗?"

"但你是明星,你振臂一呼,别人就跟在你身后。报纸上都有你的照片呢,你站在查封的商号仓库门前,手上还高举着一面小旗子。你们理直气壮,政府也拿你们没有办法。委员长自己是打算低调一些,先把国内的建设搞好。可是你们吵着要抗日。所以没有办法,只好听你们的。"

"怎么——马先生,你实在是高看我了呀,马先生,马先生!你这么说,我只能跟你说实话。查封日货,那都是骗骗洋人头,我们那都是看那些囤卖日本货的商人赚了大钱,气不过嘛。"

"你们?是你自己吧?拿国家大事作为幌子,煽动民众,实际牟取私利。"

你自己也不过是个汉奸,我忽然觉得好笑,你是想拉他来垫背吗?玩弄这个小人物,翻他的底牌,揭露他,让他自惭形秽,好让自己心安理得?

南京撤退时,特工总部包下那艘"建国"轮,把多年积累的情报档案全都搬到汉口。一年以后,这批档案又从汉口黎黄陂路平汉铁路党部二楼搬到重庆川东师范。啊,我还忘记了一段呢,刚刚到重庆那会儿,全都乱了套,应该先是在储奇门药材公会吧?房间分不过来,大家都挤作一堆,一扇门上挂七八个牌子。在汉口时,所有人都往外跑,去铁路饭店,那里有女人,也有牌局。那可真是醉生梦死。也不能怪这些人,国共合作,全民抗战了,大家都找不到工作目标,连单位都要让人家拆了。档案箱子破了没人管,全都堆在院子里,碰到下雨天,成箱成箱泡烂。很多档案就此丢失,找不到了。有些事情也遗忘了,没人记得。可我还记得一些事情,能够记得的东西,你都能记住,对吗?

蒋存仁,一住进甜蜜公寓,我就想起来了。民国二十五年,嗯,我要提醒自己,如果是给林少佐编情报,要写成昭和十一年。

好吧，夸大事实没有必要。丁先生要我对公寓所有住户做一个简单调查，出于安全考虑。门房老钱告诉我二房东蒋先生从前做过抵制日货协会会长。因此一切都想起来了。蒋存仁，一度改名叫蒋国仇，后来又改回来。他在使用蒋国仇那个名字的一年多时间里，完全是另外一个人。他摇着一面小旗，在街上呐喊。他吓坏了租界里那些跟日本人做生意的商人，日本货被没收公卖了，再也没有人敢跟日本人做买卖了。日本政府威胁南京，南京发布禁令，不准取缔日货，协会关门，蒋国仇改回原名。

但是他不知在哪里发了一大笔财，开了一家银行，租界里从此多了一位新贵人。没人知道他的钱从哪里来，风传他把拍卖日货所得侵吞私用。但是在上海，只要你有钱，没人能拿你怎么样。

我不打算把他那段历史告诉日本人，我只想让他闭嘴。因为偷偷把食物卖给鲍天啸的人是丁鲁，把工具间钥匙交给丁鲁，让他从那儿取走宪兵队没收的粮食的人，你们觉得还能有谁？"每次只拿一点""从下面拿，上面照样堆起来，把中间挖空""每次拿多少都要告诉我"。我一边给丁鲁定下七八条规矩，一边怀疑他会不会照办。

我问蒋存仁，他们到底有什么打算，是真想跑到日本人面前去告状吗？他们真觉得日本人会主持公道吗？

不，他说，他们只是吓唬吓唬鲍天啸。谁知道他真害怕了，自己先去招惹日本人。难道抢先一步告状，他自己就能脱罪了？难道东西不是他自己卖给大家的？他们手上可是有证据的，人证、物证都有，有他亲笔写下的欠条呢。他要敢在日本人面前胡说八道，大家商量好了，所有人一起咬他，咬死他，就说是他偷偷把粮食运进公寓，他一定有一条秘密通道，谁知道呢，也许英国人当年造这座公寓的时候修过地下通道呢。民国二十一年闸北打仗,天上扔炸弹,后来新建房屋,很多都修了地下室。也可能下水道——

我觉得很有趣,把人关起来,想象力倒丰富了,鲍天啸竟然成了个神秘人物。

"地道?"我惊讶地说。

"要不然那些东西怎么弄进来?"

"他为什么要偷偷把粮食运进来卖呢?"

"就是跟日本人对着干嘛!鲍天啸本事大得很呢,告诉你马先生,我可不想害人家,你自己知道就行了,千万不能跟日本人说。鲍天啸鬼得很呢,常有陌生人来找他,都是些奇奇怪怪的人,我不是说那些舞女。有一趟他不在家,对面济世药房的跑街把一包药粉放在门房老钱那儿,让转交给鲍天啸,老钱随手放在桌上,药房先生急叫起来,说这东西不能碰水,一碰水要爆炸。"

我警惕地看着他,讲故事要适可而止,有些故事会要人命。

"他常去愚园路头上那家无线电行呢,听老钱说,他会摆弄那些东西,自己在家装无线电呢。你说马先生,他会不会有一个电台?"

"电台?"

我越发惊讶了。

"要不然他怎么跟外头联系呢?做买卖要通消息呀。"

"蒋先生,"我不得不严肃地说,"你一定是小说看多了,有些话瞎讲起来,弄不好是要杀头的。"

"是是,马先生,鲍天啸是写小说的,他们写小说的人是有点神神秘秘。有时候做事情在平常人看起来,就像小说一样。"

"你刚刚说,鲍天啸那里常有女人?"

"这个事情,你要问老钱。他坐在门房间,公寓里哪一个门洞出什么花样,没有他不晓得的。"

"你们是嫌这里不够乱吧?这点小事情,要闹到日本人那里,要闹到杀几个人你们才安宁?"

"就是想请马先生从中斡旋,叫鲍天啸这只赤佬不要再惹事了。"

"林少佐审讯鲍天啸,我也不在场。那件事情不晓得他有没有对日本人说。不过林少佐后来也问过我,好像他们在说一个女人的情况,你们回去想想看,一切的一切,都是为了抓到刺客,你们都要把脑子放在这件事情上,仔细想想爆炸那天公寓有什么反常事情。至于你们之间那点小事情,最好就此闭嘴,鲍天啸那边,我会警告他。"

如今回想起来,不知道为什么我当时决定不把实际情况透露给蒋存仁,鲍天啸去找日本人,根本不是要把私下买卖粮食交代出来,会这么做的人一定是笨蛋。鲍天啸当然不是笨蛋。蒋存仁却以为鲍天啸是要"抢跑道",在日本人那里占住先机,说不定反咬一口,说他们自己偷偷做买卖,到那时他们再说什么日本人都不会相信,可能会觉得他们出于报复,攀诬上鲍天啸。

但鲍天啸此举,我当时确实解不透。说实话现在也没有完全想通。人到发急了,是可能往绝路上找生机。谁让老蒋他们那么逼他呢?也许他觉得,如果日本人听信他的话,解除封锁,公寓居民总不见得不顾这大恩大德,仍旧要跟他算账吧?又或者日本人没有解除封锁,单单以他重要目击证人的身份,在宪兵队保护下,公寓居民也不敢对他怎么样吧?

十

鲍天啸是个会惹麻烦的家伙,这个我早就对丁先生说过。

林少佐笑着宣布,他始终认为想象力比事实更重要。他在茫茫人海中寻找罪犯,这种工作与鲍先生构思一部小说之初,从虚空中捕捉一个模糊的形象,让他逐渐浮出迷雾,变得清晰,变得活生生,变得好像伸手可以触摸到,两者有何区别?真相是一种奖品,但它本身从不发光。想象力才能照亮你穿越阴暗迷雾之路。

林少佐说,他不会限制鲍天啸,你可以随便说,记忆、想象、事实、虚构,什么都可以说,什么他都想听。但是,每一部小说最后都要让读者来裁决。这一次,他本人希望担起责任,鲍天啸负责讲故事,由他来评判。如果他喜欢鲍天啸讲的故事,他将会请你去那边——他把手向左面那扇门一挥。那里有一个圆桌,桌上放着纸和笔。鲍天啸可以在纸上写下任何想吃的东西。任何饭馆酒楼,任何菜式,鲍天啸都可以写,他会派人马上去买回来。

假如不喜欢他讲的故事,林少佐惋惜地挠挠头,告诉鲍天啸:"你就会被送到那里。"

他指指卫生间："沪西宪兵队的柔道专家们在那里等着你。不会太久，你只要坚持半小时。那之后，如果你能继续，我们就接着下一轮。你看如何？"

我希望有那个女人，真有。真相不仅是奖品，当真相可以杀人的时候，它也是可以拿来活命的本钱。如果鲍天啸有这笔本钱在手上，我就比较放心。他不会把丁鲁跟他交易那件事当本钱吧？他有那么笨吗？女人是个好主意，陌生女人，那更好。大家都脱清干系。把炸弹事先放到丁先生房间里，女人没有问题，也许更加合适。鲍天啸这个开头很不错，有个陌生女人站在楼梯上。

日本人接管后，海军武官府派出爆破专家，最终确认那是一次延迟引爆。这个情况只有极少数人晓得，连巡捕房都不知道，虽然他们最早进入现场。

鲍天啸这个有关陌生女人的情报，与上述结论相吻合。来得正是时候，让人有点吃惊。难道是所谓"真相总是在它该出现的时候出现"？或者，鲍天啸确实有那种小说家的神秘天赋？

"鲍先生，请你开始吧。"

三点十四分，这一次他相当确定，因为临出门前，他瞄过一下挂钟。他关上房门，但没锁。出门买烟他习惯那样。这里没什么闲杂外人，再加上确实也没什么值钱东西。

他进楼梯间时，那女人正上楼。烫卷短发，不是全部都卷，是发梢有一点卷。用过一点口红。浅灰色细格薄大衣，束带收紧打个偏结，上楼梯时能看见蓝色旗袍，可能是那种宝蓝色。不太确定。

啊哈，修长美丽的年轻女郎，林少佐起劲地说，在旗袍上加一件大衣确实很合适。鲍天啸说，他在衣着方面没把握。高跟鞋，加上帽子，女人很容易改变印象。很容易，林少佐赞同——尤其是如果她受过训练。

"鲍先生,你看到那个女人的时候,她正在上楼?"

"是上楼。"

"原来如此。所以你能看见高跟鞋,也能看见帽子和卷发。"

有些人从开始就有完整的故事,你施加压力,不断诱导,你在同一点上反复地提问,在一遍又一遍重复中,他会完全乱套。有些人正相反,他们的故事会越来越清晰。审讯时做口供如此,想来鲍天啸他们写小说也会这样吧?

"她上楼,你下楼。鲍先生,你怎么知道她要去三楼丁先生房间?"

"想起来了,她跟我说过话。她问我,丁先生在不在家。"

"很好。她跟你说过话。你觉得她说话像哪里人?"

"上海口音,稍微夹点苏州话。"

"你告诉她没有?"

"是。我告诉她丁先生不在家。"

"你知道丁先生不在家?"

"丁先生不是普通人。他在不在家邻居都晓得。有很多保镖。"

"是吗?"林少佐饶有兴趣,"丁先生让他的警卫人员站得到处都是?"

我话到嘴边急刹车。

"有两个便衣常常站在公寓门外马路上,靠着电线杆抽烟。天气好有太阳,就搬个椅子。三楼楼梯间进去,也有。他们天长日久,吃吃香烟说说话,都跟公寓门房老钱混得熟,有时候就坐在门房间。"

行动大队这些人，要说打架斗狠动刀动枪，大约都算角色，规矩是没有的。整天在公寓里上上下下，又没什么正事做。不是站到人家门框勾搭用人，就是坐在门房抖脚吹牛皮。丁先生出事，总归要吃一点苦头。但责罚有大有小，如果到后来找不到刺客，日本人要论起来，就拿鲍天啸说的这几句，至少多蹲两年大牢。

"那天是'天长节'，丁先生安排警卫人员都去观礼。"我说了一句。丁先生已死，保护手足，我职责所在。

"她拿着什么东西？"

他说她提着网兜，里面有一只大盒子。

"大盒子？有多大？"

鲍天啸双手比画，想一想，手又更分开些。

"有点像是点心盒子。"

"什么点心？那么大盒子？"

"当时觉得是点心。现在想想，也许不是——"

"为什么现在又觉得不是？"

十一

林少佐离开时，宪兵问他要不要把鲍天啸关起来。林少佐呵斥："混蛋，鲍先生是主动来向皇军提供情报的良民，为什么关起来？"

事实上也不需要关起来。此刻这幢公寓，本身就是个监狱，比监狱更坏。在这里，饥饿不仅是惩罚，比惩罚更阴险。

我相信林少佐把搜查没收的食物仍旧放在公寓里，是一个诡计。谋略，日本人喜欢这样说。撒一把米给一群饿坏的鸡，不用多久，你就会看到一地鸡毛。他真是看准我了。

鲍先生，你回去休息一下。晚上我们请你来吃饭，就在这里，他朝另一扇门挥挥手。那是与卫生间正对的房门。左右两扇门，他向左挥手，鲍天啸进炼狱；向右，据说有美味佳肴等候他。如同一台诡异布景，让人几乎要怀疑门后到底有没有他所声称的东西。如果打开门只见到破裂的墙壁，我一点也不会吃惊。横七竖八的板条、灰尘、蜘蛛网，就像任何一座剧场的后台，就像任何一个爆炸现场应该有的样子。

我不能休息，笔录必须翻译成日语。这件事情让我觉得又滑稽又危险：要把林少佐审讯时讲的中国话翻译成日语，再交还给林少佐本人看。

只要我愿意，也可以乐在其中。从审讯记录中目睹一个神秘女人渐渐成形，越来越生动具体。我看到鲍天啸转换风格，到后来竟开始炫耀技巧，遣词造句。

鲍天啸多次提到那个女人善于变化。刚开始他词句俭省，泛泛提到利用衣饰，女人很容易改变形象。有一次他突然使用一个比喻，说就像一种兰花，在炎热潮湿的天气里，你一转头她就盛开。我怀疑这比喻来自某本小说，可用在这里并不合适。他意在形容起初觉得那女人二十岁刚出头，但转头看她背影，又似乎是一个三十多岁的女人。我认为无论如何，从含苞待放到开花，时间可不止楼梯上擦身而过那十几秒钟。

"不，她看起来不像舞女，就算高级舞女也能一下让人认出来。她们一看就知道。

"眉毛没有修过，不是那种拔得很细的眉毛。舞女才会那样。如果你是一个舞女，即使你不喜欢那样，也不得不把眉毛拔成那样，不然别人怎么知道你是舞女呢？

"当然，我不能说她是好人家的妇女。她拿眼睛看人的时候胆子很大。

"交际花？绝对不是那种类型。我甚至觉得她有点土气，鼻头上汗津津，额头上也是。好像刚刚出过很大气力。第一眼看到她的时候，我觉得她像是刚刚从内地跑来上海。火车站、轮船码头上刚刚出来。如果她换一身用人衣服，你不会觉得奇怪，不会觉得不合适。"

所以他没有起疑心，一个女人独自来到公寓，拎着一只形状古怪的大盒子。再说，他为什么要生疑呢，在一切都没有发生的时候？

林少佐没有让这个说法轻轻滑过去："但是现在你觉得确实很可疑，一个女人提着一个形状古怪的大盒子。能不能再说说盒子的形状？为什么现在会让你觉得可疑？"

盒子很高，不是那种扁扁的点心盒子。她拎盒子很小心，上楼梯举着手，要不然网兜垂到地上，盒子会撞到楼梯台阶。那动作很吃力，很奇怪——现在想想很奇怪。

我在记录时尽量按照原样，不太恰当的断句，为表示犹豫或者强调而刻意重复，富有意味的语气。这给翻译带来很大麻烦，我的办法是做一些标记，比如加个括号，写几句注脚，诸如"看起来他不是十分确定""他略微提高声音"之类。

当天审讯快结束时，林少佐忽然提到，既然公寓有值班门房，那个老——老钱（我提示道），他为什么没有看到这个女人呢？在调查记录中，老钱告诉我们，那天下午没有看到闲杂人等进入公寓大楼。鲍先生，你下楼时有没有注意到这个老钱在做什么？如果知情不报，这个老钱就很可疑了。

老钱可能没看到。他从来都是坐在躺椅上，听无线电上来来回回播的那几出滑稽戏。我想鲍天啸对此确实很有把握。这只无线电是英国房东回国前送给他的。除了睡觉，无线电永远打开着。

十二

　　足供十人共食的巨大圆桌，并没有叠盘架碗。鲍天啸正在喝粥，就着两碟扬州什锦酱菜，亮晃晃淋过麻油。通向门厅另有一扇门，开着，宪兵站在门外。又有一名宪兵木愣愣竖在阳台上。阳台水泥栏上，有一道伤口般的裂缝。室内静悄悄，只有鲍天啸自顾自稀里呼噜。

　　我刚坐下，从门厅进来一人。竟是饭店跑堂打扮。到桌边替我盛碗粥。然后缩肩垂手，不知如何开口。

　　我问："你是谁？"

　　"小姓潘，潘十一，在虹口'富春居'跑堂，都叫我'扬州小辣子'。晚市刚开门，日本人就把我们抓来。一个我，一个我们厨房老郭师傅。"

　　我点点头，喝粥。

　　一碗香粳米野鸭粥下肚，鲍天啸好比抽完头一只烟泡，立刻就换了一个人。

　　"马先生，有这条情报，你看东洋人会不会解开封锁？"

我朝他笑："有啥要紧？你现在是为他们工作的人，你慢慢讲，总归一天三顿好吃好喝。"

他摇摇头，长吁一口气："不要吃下去容易，到辰光吐出来难。"

潘十一端来两盅清炖狮子头，一盘云腿蒸鸡翅，另有一只团花汤碗，打开盖子，是一碗萝卜丝氽鲫鱼。

"为啥要你吐出来？"

"万一他们觉得情报不值钱——"

"你以为你那个情报现在能值多少钱？也就是楼梯上见到一个女人。统共不过半分钟，来来回回让你讲，整整一个下午。你就算讲出花来了，就能值这些——"

我点点筷子。他低下头想心事。

"从前有句话，叫作一字入公门，九牛拔不出。后悔药没啥好吃，这一步出来，以后怎么样，就全看你自己。整个一幢公寓，整整一个礼拜，所有人都在饿肚子。你今晚在这里吃吃喝喝，楼上楼下多少人看着你。没有什么退路好想。"

"我想帮帮大家。"

"落水做汉奸的人，都是和你一样想法。连汪先生也这么想，一句为别人为大家，好像就能安心。骗骗自己而已。"

"我这样就算当汉奸了？"

我朝他举举酒杯。

"我听说，从前你跟愚园路巡捕房有来往。"

他把一截翅尖整个放进嘴里，只见两颊一阵鼓动，不知他怎么弄的，很快褪出鸡骨，吐在桌上，干干净净没有一丝肉。

"跟陆新奎陆探长——是好朋友。"

上海有这一路人,说起来也算书生,为人行事却近乎白相人。耍光棍说大话样样都会。此人不过穷极无聊,搭识几个未入门的包打听,顶多也就是一两个华捕,一起吃吃饭喝喝茶。道听途说添油加醋,就当情报卖给人家。巡捕房中人吃过喝过,认他这一号酒肉朋友,有时候也传些跟案子有关的消息给他,他又转手卖给报社。就这个他就敢告诉人他跟陆新奎是好朋友。

鲍天啸差点做瘪三,就是他被洋行辞退那时候。全靠这些滑头生意,渐渐开始给报社本埠消息栏写点短稿。混熟以后又转写小说,一口气总算回过来。

"陆探长说你有时送点消息给他。那是——民国二十三年?"

"原来陆探长是你朋友。"鲍天啸面不改色,"如果这次能从日本人手里脱身,一定要请马先生和陆探长一道吃顿饭。"

丁先生看人用人另有一套功夫,自诩如同作诗用俗字,善于化腐朽为神奇。我把陆新奎说的情况告诉他,他更有兴趣了。

陆新奎告诉我,那是个卖假消息的滑头货,初听听觉得很值钱,回回味道又想不出有啥用场。我问他是不是拼拼凑凑,编两个故事卖卖野人头?陆新奎说是这个意思。但一样是瞎七搭八,找鲍天啸总还好点。巡捕房那些包打听,到半天三点钟,从烟榻抽屉里随便找个纸片涂几笔交差。各种纸头奇出怪样,也有饭店菜单背面,也有香烟壳子,三行五行字倒有十多二十个错字,句子也是不通居多。我们要交差,外国人坐在办公室等汇报。大家都在等,从巡捕到分区华探长到翻译。鲍天啸送来东西,大家很省心。完整,来龙去脉清清爽爽,画出眉毛鼻子。我们乐得挑他发财。碰到有悬赏,比如大户人家失窃绑架案子,就分两钿让他摸摸。有时候也送给他一两句闲话,他拿到报馆去,就是独家消息。

我告诉丁先生:"我听陆探长说,鲍天啸这个人精于吃喝。饭桌上有这么个人,平添很多乐趣。不过此人说话真真假假,事情从他嘴里出来,不大靠得住。"

十三

我从头到尾读鲍天啸的小说，是在爆炸案发生两三个月后。我那时总算脱清干系，有时间坐下来好好研究一下鲍天啸这个人。

那是一沓剪报，放在一个硬纸盒里。盒上原本贴着标签，让我给撕掉了。这沓剪报是林少佐让人整理的，它本应归档在爆炸案相关卷宗内，但现在落到我手上。

《海上繁花》三日一刊。最初不过登些花边消息，有人看到某个电影女明星出现在哪个私人俱乐部，或者听到某某舞厅舞女化妆间一段对话。间或也有些女画家、女摄影家、女游泳家、饭店女老板。后来诸如此类的报纸越来越多，这份报纸风格一变，开始专门报道社会新闻，尤其是刑事案件，当然一定要有女主角，它才会让人感兴趣。

鲍天啸就在这期间开始给《海上繁花》写东西。那时他刚被卜内门公司辞退。他弄出来的案件报道，连对话都活灵活现，好像他就在现场一般。而且别有一种春秋笔法，事主往往有苦讲不出。比方有一桩舞女告小开强奸案，本来法院因顾忌事主隐私和社会伦理,不许记者旁听。鲍天啸不知从哪儿隐约听来传闻,说这位小开十分古怪,喜欢"进后门"。在当日报道中,鲍天啸一开头就落笔说:某某出庭时行动困难,显然在忍受极大痛苦。这纯属子虚乌有,因为鲍天啸根本进不了法庭。

后来鲍天啸就索性写小说了。

这部小说最初混在一大堆剪报里,是林少佐发现它,把它从速朽的低级趣味中挽救出来,让它变得不同凡响。

    我初次见到王茵,是在昼锦客栈阳台上。一说到这儿读者便会奇怪:随便什么房子,走到阳台上必先进门,通过门厅、客厅,或者还有睡房,然后才能站到阳台上。你说在阳台上看到她,难道她没有在你睡房里盘桓过吗?

    不要急,让我慢慢讲给你们听。阳台是阳台,但我在这边阳台上,她在对面。上海租界这种弄堂房子,鳞次栉比,一幢幢挤在一起。窗帘布不可缺少,要不然大姑娘在这边窗下梳头,说不定就让对面窗口小瘪三看去袖底丛丛春光。所以你站在阳台上伸手,说不定就能摸到对面人家阳台围栏。从前租界里闹革命党,在阳台上跳过去跳过来,不知让它救过多少命。闲话不提。

    那天下午我跟她各自占据的阳台,不像前面说的那么靠近。大约革命党都有身手,勉强跳得过去,我办不到。即便如此,对面一阵香飘过来,气息竟如吹颊。我不由得抬头看,果然见到一位妙龄女郎。

    这是夏日午后,下半天这个钟点,弄堂里厢静悄悄。寻常人家妇女都在睡午觉。有一等职业妇女,这时间也都在写字间里打瞌睡,面孔上又是粉又是口红,汗水一糊,统统揩在老板要伊打字的公函上头。我自己是有两本书放在阳台上晒,要不然啥人这个辰光跑到太阳底下去。

  我看她弯腰低身,在围栏后不知做啥。只见她手臂连抖,听得噗落噗落几声,等她仰身举起双臂,才晓得她在晾衣裳。她穿一件白底碎花小褂,短袖刚刚没住肩膀,雪雪白一双手臂,曝日下着实让人怜惜。袖底一抹阴影,真个让人神往!

  我盯着她发愣,只见她抬着头,眯着眼,肩膀向后仰去,把一件短褂绷得紧覆覆,贴在身上,衣裳下摆险险乎吊在细腰上。腰下花裤与上衣同色,只觉曲线玲珑。让人一味想要往下看,往下看。却再也看不见。我这才发现,自己木知木觉,早已站到一只脚凳上。

  等你多看几部他的小说,你会发现女主角首度进入鲍天啸视野,总是以这种方式,在这种倾斜视角下。也许他习惯于从上往下或者从下往上看女人。

  鲍天啸完全不像能写这种小说的人。他本是洋场少年那路人。他又懂洋文,到卜内门公司做职员,不是只会说几句不三不四的外国话就可以。搜查房间时,发现他有整整一橱外国小说。有翻译成中文的,也有英文原版。他有一套福尔摩斯破案集,齐齐码在书橱中间。有一部英文小说,名字叫 *Raid Over England*(《袭击英格兰》),作者是 Norman Leslie(诺曼·莱斯利)。硬封下夹着一片纸,是剪报。他特地连报头日期都一同剪下,大约是方便备查。那是"北华捷报"一栏书讯,我略懂英文。知道那是一部间谍小说。大概是鲍天啸从报纸上看到书讯，到书店去订购来。他甚至有一部Frederic Bartlett（弗雷德里克·巴特莱特）的*Remembering: A Study in Experimental and Social Psychology*（《记忆：一个实验的与社会的心理学研究》），从前胡适之先生在演讲中提到过它。那一场演讲，我恰逢其会，对这书很感兴趣，所以至今记得。虽然我实际上没有读过。一部心理学名著，关于记忆。

我的意思是说，他很该写点"葡萄般紫色眼睛""南美洲月色中鼓声"之类的东西，但他一派市井俗艳。这些报纸本就是给贩夫走卒看的，可见他完全是见人说人话见鬼说鬼话的作风。

虽然文字伧俗，但鲍天啸很懂得故事节奏。显然他知道厌倦会突如其来，读者不再追问女主角的下落，就此罢手，再也不想回头。所以他适时抛出新的悬念，或者给予出人意料的答案，甚至来点奇技淫巧，有些事情他真懂得不少。

小说里与昼锦客栈相对的那个阳台，读者后来发现它属于一家高级妓院，书寓。此等所在这几年已日益稀少，因为舞厅门槛更低，一亲芳泽只消两块钱舞票。而携巨资进门，欲一窥堂奥，舞女们也别有销掉你一整座金山银山的办法。

但鲍天啸很快就告诉读者，这故事发生在很久以前。其时军阀混战。其中一支侥幸获胜，进而占据上海。租界忽然就变成一座孤岛。我想林少佐当时就能看明白，这是不折不扣的影射。淞沪作战日军攻占上海以后，日军报道部屡屡威胁租界当局，必须查禁所有反日文艺作品。工部局不敢得罪日本人，命巡捕房政治部一概取缔。这一来各种暗示影射指桑骂槐借题发挥的电影、戏剧乃至小说，只要能漏网而出，就必能让观众读者口耳相传，大卖特卖，变成了一门好生意。

乱世中一位妙龄女郎,现身在妓院中,于午后晾洗衣服,看气质(那一丝隔着阳台都能闻见的体香),却又不像普通用人娘姨。若说她如某种北里侍女,以配叶自居,同样色身待客,那这一等妇人,实在要比小姐本人更加放得开。这位女郎论体态相貌,无一不像是一位"清倌人"。这一切不免让读者心生疑惑:这究竟是谁?

鲍天啸不忙揭示谜底。他让她瞻之在前,忽焉在后。因为对于小说中那个"我",所谓伊人决不能像一碗清水,一看到底。

女郎不仅行踪神奇,尤加身份打扮千变万化。在电影院看见,背影倒像个女学生。到国际饭店(这里要插一句,既然是很久以前,为什么有国际饭店?),惊鸿一瞥间却又宛如美艳贵妇。在报纸上连载到第七天,女郎突然就消失得无影无踪。而且女郎失踪前一天晚上,书寓中发生命案。被杀者是一名副官。最最奇怪,明明她嫌疑最大,却根本没有人在意她失踪,甚至没有人提到她,就好像这个女郎根本就不存在。就好像那纯粹是男主人公的幻觉。或者,就像是所有人的记忆都被重新排列,删掉了关于这名女郎的一切印记。

当然,读者都很放心,她肯定会回到男主人公身边。下一天报纸上——

——她再次现身,已是几个月后。那时节兵燹再起,又一路军阀打进上海。前一位大帅宣布下野,躲进租界。督军府虚位以待,单等后一位大驾光临。在这要来没来时节,租界内外一片混乱。大家都说这后一位比前一位更狠,更强盗。说不定就打进租界,连孤岛都一顿吃掉。

胆小的就要逃难，尤其我这种寄寓客栈的人，更是没有理由不走。但其时十六铺码头上想要个舱位，直是痴人说梦。我一路寻找，在苏州河小火轮码头上觅到一个烟篷席。各位看官，若以我这种身份，平素是再也不能坐这种拖船。但离乱时节，说不得那许多。

我买到船票，提起布兜就要上船。啥人想得到，竟在靠近栈桥边一块人头较少的空地上见到熟人。

"包先生，侬哪能也来坐这种船？"声音婉转低回，比周璇要酥一点，比白光要软一点，比王人美、黎莉莉——那简直没法比。

抬头看去，我只觉心下大震，脑袋嗡的一声，整个人顿时像做梦一般。我有两个惊，第一惊，竟然是她！竟然是对面书寓那位失踪数月的神秘女郎！第二惊，居然她晓得我姓包？

我定定神，摸摸我那一天没碰水的油灰面孔，对她说："你竟知道我姓包。"千言万语，都包含在这个"竟"字里。

她微微一笑，说："许你到处盯着人家看，倒不许我晓得你姓啥？"

原来她知道。原来她都知道。

我没有再问下去，没有问她为什么突然失踪，也没有提起那件离奇命案。原来在我内心深处，根本不相信她与那件命案有关。她也没有允许我问，当她挽上我的手臂，所有疑虑都烟消云散。

可当我们一同走过栈桥，一丝怀疑又涌上心头。在栈桥这头，一群士兵设起一道关卡。他们是前一位大帅的人，但后一位大帅没到，市里就剩他们这一支队伍。他们有权设置关卡，有权检查行旅客商。我又想到那起命案，想到那位被杀的副官，大概正是这些士兵的长官？我看看身边人，忽然想：她会不会想让我替她做掩护？

这大概就是写小说的乐趣所在？喜欢一个女人，随时随地就可以让她挽住自己的手臂。久而久之，作家们就会觉得世界上所有的女人，都可以随随便便吊膀子。

我也不懂鲍天啸为什么要把这段故事安排在烟篷船上。那是一种挂在小火轮后面的木拖船。有时候——尤其是小说中描写的那种战乱时节，一艘小火轮要拖上七八条烟篷船。客人坐在拖船烟篷座上，是无法站起来走路的。因为所谓烟篷，是在船舱顶上再加一道布篷，人只能钻进钻出。但包先生显然乐在其中。直到坐下来，他才有工夫向我们形容此刻那位女郎的装束容貌。她扮回一个用人娘姨。可即便在布衣底下，美丽而恼人的身体气息仍在诱惑包先生。再说我也不明白，为什么一个普通乡下娘姨打扮的女人，可以跟个男人挽着手臂走路？但这是他的小说，其他读者不管，我也不必追究。

这时候，包先生已得知这位女郎姓王，单名一个"茵"字。他们俩在船上有说有笑，浑然不顾这是在逃难。女人竟然带着一篮子路菜。上船前可是谁也没看到。但这解决了作者的难题，因为鲍天啸，绝不会允许一男一女两情相悦时，只能吃包先生带的那几只冷烧饼。

船开行了,两岸星月初起,茅棚渐稀。次第见到几处仓场,堆着煤和木材,一只装运猪鬃的木船停靠河岸,行过时飘来阵阵臭味。烟篷船转了个弯,朝西南方向拐入另一河汊,船家连番叫唤。

开饭了,船家煮了白饭,竟是太湖香粳大米。怀中倒是有几只芝麻烧饼,这个时候我却又不好意思拿出来了,不想她一侧身,倒从身后提出个斑竹食盒。揭盖一看——

只见一碗熏鱼、一碗酱鸭、一碗四喜烤麸、一碗八宝辣酱,另有一碗浓油赤酱,炖的却是圆滚滚白馥馥不知何物。

"包先生,迭只菜侬阿敢试试看?乡下头叫伊气鼓鱼。"

啊呀呀,原来这一味鼎鼎大名,从前叫作"西施乳",学名说出来,吓你一大跳,河豚鱼是也。有毒,剧毒。吃得不巧,要一命呜呼翘辫子的呀,这一着,莫不是要看看我的胆量?

我壮着胆子,用筷尖夹了一小块,送进嘴里。容我说一句,竟是平生未见之美味。其实呢,这东西却也没有那么吓人,江东人家,常有把它洗净曝晒,做成鱼干。食时又复将其泡发,炖肉炖菜蔬,极其腴厚。想不到急惊惊逃难路上,竟能尝到如斯佳肴。

包先生渐渐开始想,这位女郎,王茵,她一定有一个不凡身世。因为无论她刚刚在开心地说着什么,包先生稍稍一打听,贵乡贵籍啦,令尊令堂啦,你一定念过书啦,她一定沉下脸。不一定是生气，可至少是矜持起来。

那天深夜，在一弯新月下，包先生和王小姐（无论如何应该叫她小姐）就在烟篷下沉沉睡去。但不久，包先生却内急起来——

月色中忽听她说："包先生，你睡不着？"

此情此景此等良人，我却遭遇这份尴尬，只得翻个身，夹紧两腿，装作继续睡。她忽然笑起来，在烟篷里一点点月光下，她笑得像一朵白色夜来香。（真受不了他，笑怎么能笑成夜来香？）

"是要小解吧？你从我身上爬过去吧。"（真是个知情识趣的可人儿。）

我从她身上爬过去。我小心翼翼，她却缩成一团，说怕痒。（哈哈哈！）

我钻出烟篷，已是十月，一阵寒风吹来。我打个激灵。水深船荡，我却站不住，在船舷旁摇摇欲坠，只得掉头而去。

"怎么样？"

"站不住，要掉河里的。"

"不小便，要得尿梗病啊。"她大声叫起来。（鲍天啸笔法越来越放诞不羁。）

她想出一个办法，解下自己一根藕色湖绉纱裤带，替包先生缚在腰上，让他站到船舷。她在身后紧紧拽住。就这样，包先生一江春水向东去也。

十四

爆炸后第七天。上午十点，林少佐站在审讯室窗后，望着对面房顶天台。在他的纵容下，观众越来越起劲，几个人站在用三脚架固定的箱式照相机周围。剩下的坐在公用水箱盖上抽烟，间或举手挡着太阳光，尽心尽责地观察着爆炸事件的最新动态。

要不要派人驱散？我建议道。租界报纸已开始将注意力转向甜蜜公寓。爆炸事件通常只会出现在本埠新闻栏目，但封锁，尤其是断绝食物供应，更容易造成一种持久的动人效果。更何况东京使节团此刻正在南京。为庆贺汪政府成立，东京派来大批重要人物。使团由阿部信行大将率领，贵族院议长松平赖寿和众议院议长小山松寿赫然在列，团员中甚至包括菊池宽，他是个作家。

林少佐推开窗，有人在对面兴奋地叫起来，显然有所克制，压低了声音。不，没有必要，他把双手撑在窗台上，断然拒绝了这个建议。

他叫来宪兵，让他们在公寓外面的街道上再次宣读封锁公告。没过多久，装甲车上的高音喇叭就发出嘶哑的吼叫声。

林少佐坐回审讯桌,敲敲卷宗,抱起手臂,说:"为什么一个中国人会主动来向我们提供情报呢?"

我不方便回答这个问题。身为汉奸,常常会遭遇这种质疑。

"宪兵队告诉我,早上有两个女人在吵架?"

"杨太太跟门房老钱说话,提到蒋先生。蒋太太认为杨太太在骂蒋先生。"

"为什么?"他很有兴趣。

"可能是蒋太太听错了,她把老蒋听成老甲鱼。"

"这是为什么?"

他没有认真听我关于方言语音的解释,他仍在疑惑,间或翻阅一下笔录。宪兵开门时,带来一阵浓烈的油烟味。因为前些天夜里有人从窗外偷偷向公寓扔食物,宪兵队不允许在公寓任何位置私自开窗,各种气味便在楼道中经久不散。

"公寓中仍有大量食物,"林少佐笑着说,"皇军的封锁和搜查看起来没什么效果。"

"马先生,"他忽然说,"与鲍天啸住在一起那个人叫什么名字?"

"何福保。英商卜内门洋行职员。从前与鲍天啸是同事。都是单身,又是同乡,所以住到一起。"

"那么何福保可能对鲍天啸十分了解,是好朋友吧?"

"鲍天啸向何福保借钱。有时欠钱不还,何福保把这些事情告诉邻居,大家都觉得,他们关系不是很好。"

"鲍天啸很穷吗?"

"他喜欢吃。上海有名的饭馆,跑堂厨师都认得他。昨天晚上富春居那两个厨师就跟他很熟。这个人既不赌又不嫖,钱都花在吃上头。"

"我们来看看这个何福保有什么说法,你觉得如何?"

何福保惊魂未定。宪兵刚把他从卫生间拖出来,放到椅子上。

"何先生,请你告诉我,鲍天啸先生为什么突然来找皇军?"林少佐站在何福保面前,低头瞪着他。

"我真不知道——"

连人带椅子,何福保被踢到墙角。两名宪兵把他拖进卫生间,让他趴在瓷砖地上,两双手抓着他的头发和脖子,往地上搓。一个宪兵用膝盖顶在他腰上,他的脚踝也被一双靴子踩着,脚背绷直几乎贴着地面。宪兵把那双手臂向前推,现在他变得像只被抓住翅膀的蜻蜓,在地上挣扎,但挣扎毫无用处,只会让他的脸颊和鼻子更快磨烂。

他的手臂现在跟肩膀已成直角。一名宪兵抓住他双手,从背后继续向前推。何福保叫不出声音,喉咙咔咔有声,好像有什么东西哽在那里。窒息状态保持了大约二十秒钟,手臂突然回到直角,惨叫声再次响起,好像一只音量开关被某个顽童胡乱玩耍。

宪兵来回推动手臂,有七八次。角度越来越大,停顿时间也越来越长。

林少佐点点头。宪兵把何福保拖回审讯室。

"他欠了人家东西。"何福保说。

"什么东西?"

"粮食。"

"说下去。"

"他收了人家钱,答应帮人家买粮食。"

"他买到没有？"

"一开始有。后来没有了。东西很贵。但没有办法，每一家都拿钱给他。所有人都追着他要东西。有人说，要把他交给你们。"

"他从哪里买粮食？"

我站在桌边，弯着腰在记录纸上疾书。我心情激动，必须让自己手上有点事情做。

"我不知道，他对谁都不说。他把钱拿去，几个小时后，他会送来一点米和油，和其他东西。"

"你和他住在一个房间呢，他有办法弄到粮食，你不好奇吗？你没有提出给他帮点小忙吗？有时候他需要一点掩护呢，那样你也可以赚点钱，还能弄到食物。生意何不一起做呢？这可是一门好生意，如今西贡大米每担价格五十块钱，是不是又涨价了？他那些货卖多少钱？"

"我不知道。我不敢——"

宪兵把鲍天啸带进来之前，林少佐大有所悟，对我说："所以他就来找我们，报告罪犯线索，希望转移我们视线，把追捕重心转向公寓外面。这是没办法的办法，但总比什么都不干好一些。对不对？"

"另外，他替皇军办事，别人就没有办法追着他要债。"我说。

"鲍先生，昨晚休息得好吗？"

鲍天啸迟疑地点头，又看我。这家伙，难道想让我当着林少佐的面给他一点暗示吗？我冷冷地看着他。

"很好。审讯工作压力很大。我希望你能休息好。"

"我能不能抽根香烟?"

林少佐点点头,我把香烟和火柴递给鲍天啸。

林少佐打开窗,风从外头吹进来,观众站在对面屋顶天台上,隔那么远看,审讯室就像个普普通通的办公室,也许是个编辑部,临近午休在聊天。鲍天啸拢着手划火柴,几次才点着。

"你们刚刚找过何福保。"

他像是在自言自语。

"你想不想知道他告诉我们什么?"

鲍天啸低着头,看着地板,好像那里有答案,好像那里有个洞,洞里有个舞台提词人。

"他什么都不知道,他是局外人——"

鲍天啸低声嘟囔着,好像这些话本是他内心争辩,却不自觉说出声来。

林少佐忽然大笑起来,兴高采烈地说:"那么他是什么局——外人?"

"不是这个意思。"

鲍天啸看看林少佐,又低下头,慌乱地看着地板。那个提词人可能在打盹,也可能故意在戏弄他。这下鲍天啸觉得自己糟了。观众冷冰冰望着他,等他继续说下去,继续出丑。

"鲍先生,你自己跑来告诉我们,你有刺客情报。你怀疑某个女人是罪犯,我们把你当成好市民,一个可以讲理的人。我们立即替你安排餐食。当我们得知鲍先生口味精致,是个美食家,就马上提高供应标准,把你当成贵客。此时此刻我却不得不产生某种疑虑,觉得鲍先生会不会在戏弄我们。出于某种动机,鲍先生会不会在欺骗我们。"

传说林少佐在学生时代热衷戏剧表演，至今仍常常不顾危险，便衣进入租界，到兰心大戏院看戏。

"鲍先生，一年以前，我负责驻沪日军报道部工作。有一个记者自己跑来敲门，说他愿意为我们做点事情。我们调查以后发现，此人在上海名声很坏。有人告诉我们，这个记者喜欢打听别人阴私，道听途说，添油加醋，有时甚至胡编乱造敷衍成篇，然后寄给当事人，要挟当事人出钱买下稿子，不然就予以公开发表。当事人为避免难堪，也因要钱不多，往往付钱了事。我们听后付之一笑，对他给予充分信任，认为大东亚共同体和平事业即使对那种人也要敞开大门。我们给他一大笔钱，让他在租界内办报，协助皇军，呼吁和平，维持秩序。日军报道部让他全权负责报纸出版发行。只要求他每天早上把新印报纸派人送到虹口报道部备案。谁知此人劣性不改，拿着报道部给他的大笔资金，在租界内办报，大肆刊登反日宣传言论。究其原因，不过是因为此类报道罔顾事实，蒙骗市民，反而很有销路。另一面呢，他却另行编排版面，东拼西凑，抄抄同盟通讯社电稿，做一份假报纸，只印刷十几份，送到报道部应付检查。他以为此事盘算精细，密不透风。谁知道一个人做坏事，总有暴露那一天。"

此事是日军报道部丑闻，一向讳莫如深，外人如鲍天啸，怎么可能听说。若晓得这个故事，或发表到租界报纸，或送给重庆，日本人都要大丢脸面。即使在汉奸圈子里，这些也都是机密情报，值钱得很，足可拿它换个一年半载舞票，甚至以此结交重庆，想不到林少佐兴致所至，为了某种戏剧效果，信口将它加入台词中。

"那天虹口公园有人扔炸弹，苏州河各桥北一律关闭。假报纸送不过来。报道部派人专门过桥，到租界购买报纸。骗局全盘暴露，报道部上下同事全体震怒。鲍先生，你知道后来这个家伙怎么样？

"我们把他交给宪兵队。宪兵队让'黄道会'到租界把他抓回来。就在新亚饭店房间里，用榔头把他全身上下的骨头全部敲碎。然后把头砍下来，放在卫生间浴缸内，用淋浴龙头冲洗，浸泡一夜。第二天早上，把那只泡发得像猪头的脑袋挂到租界电线杆上。我们警告租界巡捕房，这只猪头必须挂满三天。"

林少佐从鲍天啸口袋里掏出香烟，倒出一支递给他，用火柴帮他点上，又去打开门。

"鲍先生，报道部同事们都认为这个家伙欺骗皇军，不可容忍，必须严惩。我与他们看法略有不同。我认为对此人加以惩罚，是因为他毫无意义地说谎。我本人赞赏富有想象力地说假话，它们通常比实话实说更有用。"

林少佐离开有烟味的房间。这个凸向街道的舞台上只剩下鲍天啸和我。有人在对面楼顶观望，有人在街上回收酒瓶，三轮车在不平的地面上猛跳，板条箱里瓶子咣啷啷撞击。鲍天啸一惊，摇摇欲坠的一截烟灰终于掉到地板上。

"鲍先生，你既是开了一个好头，又是给自己出了一个难题。事到如今只有讲下去。一个完整故事，就算再烂也能值点钱。"

我提醒他。我认为在他那种情形下，这种话差不多就算帮了大忙。我至今都这么想，也敢大声告诉任何人，在审讯中我没有说过为难鲍天啸的话。实际上，我多多少少帮过他，这一点他自己很清楚。认真说起来，后来在审讯快要结束时，他那种做法，可以说是间接为我担保做证。

十五

"鲍先生,你一定有什么东西没有告诉我们。"林少佐回到审讯室,翻开笔录卷宗,仔细读起来。

提词人终于睡醒了。鲍天啸抬起头。

"我觉得好像从前见过她。"

"见过谁?"

"那个女人。"

林少佐继续看着审讯记录,一阵风吹进来,页角在他的手指下扇动。

"说下去。"林少佐掏出手枪,退出弹夹,拿它当镇纸压在页角上。

鲍天啸仍在犹豫,艰难地寻找词句,几乎想收回说过的话,就好像那个女人是他心底最大的秘密,而不是什么陌生女刺客。就好像现在是故事本身的完整性在逼迫他揭露某种令人羞于开口的隐私。就好像一个作家终于技穷,不得不把自己的丑闻当作别人的笑话讲出来,担心最后会被读者发现这一点。

"我没有认出来。在二楼楼梯间遇到她,她去三楼,我往下。我忽然觉得在哪见过她。如果不是那么一转身就错过,如果能多看几秒钟,我当时就能想起来。"

"那你是什么时候想到的?"

"爆炸以后。"

"爆炸以后全想起来了?"

"我也不敢肯定。楼梯上一个照面她就转身——上次见到她,地方很暗,在跳舞场。她坐另外一张台子,三个男人,三个女人。距离远,他们那个台子在角落里。只有自己带着舞女的客人才会坐那种位子。大家去那种野鸡舞场,有时候会自己带着舞女,从其他舞场。这里开门晚一点,可以跳通宵,租界里的跳舞场,巡捕房规定十二点要关门。很多客人都是从别的舞场把舞女领过来。愿意到这儿来的没什么高级舞女。"

"哪个舞场?"

"忆定盘路。有一家九久俱乐部。"

"时间?"

林少佐终于从审讯记录中抬起头,向后仰靠在椅子上,抱着手臂。

"两个月前。如果从爆炸时算起,有一个半月。"

"过去那么久。又是在舞场,灯光又很暗,她坐在角落位子,你竟然能记住她的脸。时隔一个多月,在楼梯间与她擦身而过,你一下就认出她来。"

"不是一下子,爆炸以后——她跟别人不一样。"

"怎么不一样?"

"她一进舞场就让人觉得不一样。不像个普通舞女,不像这里驻场的那些。"

"我懂了,你是说她看起来很高级。"

"如果不是在跳舞场——她看起来一点都不像舞女。"

"所以她相当引人注目,尤其在那种下等场所。"

"并不特别让人注意,她们坐在角落。可能觉得那里安静。舞场有表演,有人喜欢看那些,就坐中间。"

"啊——嗯,我懂了,脱衣舞。魔都。令人着迷的地方。我有一个朋友,他一定会喜欢你这个故事。战前我回日本读陆军大学,常去东京神田北神保町中华书店看书,在那里交了几个朋友。有一位武田君,回想起来让人感慨啊。

"他也是个小说家,虽然他还没有发表作品。他会喜欢你说的那些事情。他也是为上海着迷的人呢。我有时候会对他说:泰淳,你说得不对。中国不是你想象中那个样子。他也是一个放浪形骸的大才子啊,跟你一样。我喜欢他。一喝醉他就大哭。一个美食主义者,春日夜晚坐在隅田川岸边赏樱,一定要到大多福吃一碗关东煮。用日高昆布,鲣鱼煮汤——鲍先生,改天我要请你吃一顿和食。"

林少佐从不顾及别人能不能跟得上他的表演节奏,他的乡愁戛然而止:"但是,鲍先生,就算你见过她两次,也不能因此指认她就是刺客吧?"

"可她就是刺客,"鲍天啸也有别开生面的脚本台词,"她在舞场里开枪杀人了。"

"开枪?在舞场开枪?你看见她在舞场开枪杀人?"就算天才演员有时也找不到恰当方法。

"夜里十二点,表演开始。座席灯光暗下来。只有舞池亮着。

有些女人偷偷离开，对人说去化妆间。这不奇怪，有哪个女人会喜欢一群女人脱光衣服在面前跳舞呢？她就在门口开枪，枪声一响，舞场里就乱了，谁也不知道谁在哪。"

林少佐转头看着我："那段时间有没有人在忆定盘路被枪杀？"

"沪西常有枪击案件。那段时间在鲍先生说的那个舞厅，没有恐怖活动报告。没有我们的人遇刺。"

"特工总部没有案件记录，难道租界巡捕房也没有？"

"沪西发生案件，巡捕房很少有记录。"

"看起来沪西治安工作必须加强。"

十六

我不相信林少佐会放过买卖食物的人。他越是不提,事情就越危险。何福保交代了参与交易的人员名单,他自己写,两名宪兵看着他。临近中午,林少佐突然对宪兵们吼叫起来,咒骂他们,说他们在上海过得太舒服,鼻子被女人裤裆里的味道熏坏。他决定把他们统统送到南洋去,也许到热带雨林里,他们的鼻子会更灵敏些。

林少佐离开前,命令集合宪兵小队,再次搜查公寓,没收一切可以吃下肚子的东西。但是,没有抓人,没有拷打,也没有当场枪毙。

我陪鲍天啸吃午饭。桌上放着几盘炒菜,厨师是广东顺德人。宪兵搜查后,公寓内静悄悄。老钱的无线电忽然打开,声音沿着楼梯井喜气洋洋地上升,在寂静中回响,听不清唱词,听得出是陆啸梧的滑稽因果调。

豆苗炒鸽子只剩下汤汁,另一味炒水鱼,也变成两堆杂骨。青花盖碗揭开,炒牛奶现在可以吃了。

"大良炒牛奶,要用水牛奶。"面对美食,鲍天啸言简意赅。

是水牛奶。我告诉他厨师是从隔壁汪主席临时官邸请来，他真的养了一头顺德水牛，就在官邸后花园，几株梅花树背后。水牛从重庆追随汪先生到昆明，又从昆明跟到河内，最后还上了梅机关包租的北光丸号，和汪主席喜欢的日本大米一起运到上海。说到那些大米，北光丸从大牟田出发时没有准备充足。船刚开到一半米箱就见底了。汪主席讨厌西贡大米，说它有一股油腻腻的味道，船只好停靠基隆，让空军重新运来一批。你刚刚吃到的也是这种大米，出自九州岛最上等的稻田。

"原来汪主席也是吃客。"

"既不好女人，也不好古董，酒也喝得不多。只有吃，汪夫人不反对。"

他拨弄着炒牛奶，把那些配料均匀地送入嘴中，确保每一口都能同时吃到鸭丝、虾肉、火腿、榄仁。他大口大口吃着。他吃东西时有一种自然而然的效率，吃得又快又多，却没有多余的动作，壳呀骨呀也都整整齐齐堆了一小堆。是长期专注于此而学会的技巧。

"说实话吧，到底有没有那个女人？"

我恳切地问他，听起来不免有点装腔作势。

"我晓得，丁鲁的东西是你给的。"

他想都不想就回答我，随即又往嘴里送了一匙，眼神茫然，好像刚刚他说的话一点都不重要，完全无意识，其效果仅仅相当于打了一个饱嗝。

我盯着他看。那会儿我动了杀机，虽然我其实也不敢真杀了他。林少佐要杀谁，不杀不行，林少佐不允许杀谁，杀了也不行。再说，虽然身在特工总部，我向来不管杀人那种事情。可是那一刻我充满了对他的憎厌，饕餮之徒我看来十分可耻。在天潼路大桥大厦日本宪兵队监狱，如果有人胃口太好，犯人们会合伙捉弄他。

"我不会说的。"他自顾自表态。

我可能会让丁鲁动手，然后把丁鲁干掉。像写小说那样，我在头脑中设计了一些场景，丁鲁冲进房间，开枪打死鲍天啸，然后趁丁鲁不注意，我又开枪打死他，就用他打死鲍天啸的枪。这很容易。他开枪以后，就会答应把枪交给我，那种时候他一定会全心全意依靠我，要靠我帮他在林少佐那儿解释。那样，枪就跑到我手上了。但是，枪呢？爆炸后，宪兵没收了枪支。

他摇摇头，不再说话，似乎又开始走神。

我故作姿态地点香烟，干净利落地吐出三个烟圈，责怪他："你疯了吧？自己找上门寻死。你不是想毁掉自己吧？现在又想拖人垫背，可这一套也行不通。"

他长出一口气，笑了起来。谁也说不清为什么，忽然之间，某种可以意识到的和解气氛出现了。也许是因为刚刚享用过一顿美味佳肴，或者是因为在他的笑眼中隐隐有一丝无奈。又或者，在这种情况下，是两个落水的人同时向对方求助。

"那个女人的故事，不是你编造的吧？"

他陷入思考，欲言又止。突然他气愤地说："这样有用吗？他们放下一颗炸弹，爆炸了，炸死一两个汉奸，自己跑掉了，别人却要受罪。"

"从他们的角度看，沦陷了就要反抗。如果你照旧吃喝玩乐，你就是'商女不知亡国恨'。如果公司被日本人占据，你还继续上班，那么你就可能是汉奸。如果你不去大后方，那么你可能是准备当汉奸。"

我想为自己辩护吗？无论如何，这些理由也不适合我。

我递给他一支香烟，他抽几口，忽然哭起来。然后他给我讲了有关那个女人的故事。几个星期以后我读了他那部小说，所有这些他讲的东西渐渐连成一个整体，让人感觉在那背后可能存在着一个更加真实动人的故事。可即使到那时候，他的故事仍旧像一个谜团，只能依靠想象，为他继续编造下去。

"两个月前，肯定不到三个月。那天下午，我到报社编辑部送稿子。那时朝报社扔炸弹的事刚告一段落。楼道里全是垃圾，一股怪味。有一段时间，编辑们把全家大小都带到报社，住在那里。巡捕房派人警卫，窗户上钉着板条，感觉比较安全。其实这家报纸并不特别出格，偶尔转发些通讯社报道，租界报纸，十之八九都有些抗日论调。不这样做怎么卖？

"一幢两进石库门房子，底楼是工场间。编辑部在楼上。窗户堵上之后，楼道特别暗。楼梯转弯地方老有人绊倒。所以两头各有一只搪瓷盘，盘子里放着几截蜡烛和洋火。出出进进，好让人家自己点燃蜡烛。到那头熄灭，就又扔进盘子。我点燃蜡烛进楼道。刚转弯，正打算上楼梯，楼梯上一团光噔噔下来。我抬头一看，光圈里那个女人，差点就让我一脚踩空。烛光在她脸下面，楼道其实没什么风，她却用另一只手护着火焰。这下光全在她脸上。我盯着她看，傻了。直到她走到跟前，才想起来侧身让她挤过去。"

十七

这一次,女人出现在另一幢房子,另一处楼梯间。不知道为什么,我相信了他这段活像《聊斋志异》的话,因为他刚刚哭了。没有什么东西比得上人的情感。他可能是继续编造虚假故事,也可能真实发生过的事情,被他故意改头换面,反倒像是某种幻觉。

"临出门时,我问老沈,那女人是谁。他忽然好像想起什么,连忙拉着我。

"'来来,那是来报社拜访的读者。说起来,她是来找你的,特地要来向你表达倾慕。《孤岛遗恨》让她着迷了,一定要送你一条围巾。'

"围巾装在盒子里。没有信,没有联系方式。老沈自己也写文章,不过早就不写了。在报社编辑中,他对我一直很看重。编辑们夸作者,总是虚情假意,他们是那种天天在后台看到角儿的。再说,我也算不上个角儿。但老沈从来不随便说好话。连载《孤岛遗恨》,渐渐红起来,我们俩几乎成了朋友。有时候他能说到点上,有时他对我说,你肯花时间研究器物之学,这一点很高明。你按这条路子往下写,就该是中国福尔摩斯。"

我已习惯他那种说话方式。往往说到一半就丢下,又转到别的东西上去。

"《孤岛遗恨》到底讲什么呢?"我不常看小说。太太小姐们才喜欢读这些东西,或者贩夫走卒。我想它大概总不出两情相悦悲欢离合那一套,哪怕这会儿故事发生在孤岛上。

他谨慎地看着我:"一个烈女,为父报仇。仇人是军阀。"

"孤岛是说上海吗?租界?"

"纯属虚构。军阀占领了城市。那不重要,那有什么关系呢?《秋海棠》发生在哪里?"

"但孤岛,谁都知道那是影射吧?"我说,当然那确实无关紧要,只不过是个标记,一种比较廉价的抗争姿态,一种低微的反击。不管怎样,它能表明心迹。作者满意,读者也安心。一本书,一部小说好不好卖,那是最低限度的保证。

"那个女人又出现了。一次是偶然,两次就很像命中注定。"他再一次跳开话题。这个神秘女人,就是往丁先生房间送炸弹的女刺客吗?我乐于倾听。对我来说倾听是一种生存之道,无论现在或是将来。

"可要是连着一星期,每天都看到碰到她呢?我会不会下意识故意选某一条路呢?我后来想,这其中一定是有人在故意吧?如果我没有,那么就是她。但当时没人会那么想。有那么一两回,我差点能跟她搭上话。不是那种在马路上吊膀子。只要——'我见过你,在编辑部'这类话。应该不会让小鸟受惊。总是在下定决心时突然就来了点意外。不小心肩膀撞到别人,抱歉,打招呼,赔小心。再回头她已不见了。有一次很靠近,再往前一两步就能说话，有人抢在前面。看来是熟人，好久不见。刚刚目光明明落到我身上，此刻却冷冷扫过，美人嘛，自有一种态度，如同见惯芸芸众生。我只好悄悄离开。"

他慢慢展开。我耐心等待这个长度超出预期的故事。毕竟那里真有个神秘女人。

"有一天下午，五六点钟样子。那天不用交稿，所以可能是礼拜二，或者礼拜五。我不记日子，再重要也记不住。有人比较擅长。头脑中很多标记，一格一格分得清。

"跑街送信的人来敲门。没有落款。信尾有句话，让人怦然心动，'夜里冷，记得戴上那条围巾'。照信上指点，我下楼走到忆定盘路，路口有一辆三轮车等着我。上车后，车夫一句话都不说，一路向西。到兆丰公园，让我下车，换一辆汽车又向西。车窗拉着帘子，车子一动，前排递来一副眼罩，让我戴上它。电影里娇弱的妇人和报社夜班编辑用的那种东西。租界里向来有种传说，富贵人家姨太太在郊外冷僻地方做局，专邀浪荡儿登徒子上门。其实，哪有这等好事。汽车停下来，让我下车，不许把眼罩拿下来。虽然看不见，光线变化是能感觉到的，这时候天色已暗。脚底下晓得进了院门，上了楼梯，到了房间。"

"是那个女人？"我忍不住问他。

"实在让人意外，房间灯火如画，墙壁刷了白漆，更衬得一室雪亮。满满一桌酒席，只有她一人素衣坐在席间。她请我入座，说：'来日艰巨，请尽一日之欢。'说得郑重其事，让人不安。

"'你要我帮你做什么？'在那种情形下，这个问题完全是自动冒出来。

"'你不是帮我，是帮你自己。没有人能置身事外。'

"'到底是什么?'"

"她目光灼灼望着我:'如果是让你去杀人呢?'"

"我控制不住脸上的肌肉,没法让它们准确表达意思。我想要做出震惊的表情,却像是打了个哈欠。她被我那副样子逗得笑起来。那天晚上,我懵懵懂懂让人运到此地,又糊里糊涂与她连喝数杯。一时天旋地转起来。"

这故事实在有点像白日梦,说的话也稀奇古怪,但他脸颊上有泪痕。

"后来呢?"

"第二天,她约我到兆丰公园散步,到惠尔康喝咖啡,在草地上吃炸鸡。第三天,看电影,在小有天吃奶油鱼唇、葛粉包,喝杏仁汤。不记得说过什么特别重要的话,又好像每句话都特别重要。突然之间岁月静好,就像一出戏被人偷偷调换剧本。我却已沉迷其中。幻想一本接一本写出动人小说,与报社讲价钱,连电影公司老板都追着请我喝酒。赚很多钱,管它山河破碎,躲在戏中,永不落幕。一起散步,一起看电影,一起点菜单。我们吃遍各处角落,陶乐春四川抄手,雅叙园合菜煎饼就油爆肚,到郑家木桥喝肉骨头稀饭、吃油条,泰晤士报社三楼生煎馒头、菜根香辣酱饭。"

"她没再提起让你杀人?"很奇怪,整个故事只有这个细节显得真实可靠,让人放心。在这幢封锁大楼内,世界好像已颠倒过来。

鲍天啸说,如果街上每天都在杀人,用枪,用炸弹,用刺刀、斧头,另外一些人在街上饿死冻死,你不会奇怪有人用杀人来打比方。"你说你喜欢我,那你愿意为我去杀人吗?"他觉得那仅仅是某种戏剧性的说话方式,某种比喻,女人们就会那样。

"我的心意再清楚不过。她告诉我身世,听说她父亲几年前遭人陷害，被杀。母亲也随后自杀。那么悲惨，我竟然内心窃喜。"

我摇摇头，这种事情总是当局者迷。

"这么一说，我就理解了她那些奇怪做法。她素来大方，有时却突然扭捏。僻静无人地方，我一旦有所表示，她虽不坚拒，却总是心不在焉。就好像背后有别人看着她。她会突然转到另一条街上，座位面对门，她才觉得安心。她说最大的心愿是有一天能为父母报仇。她一直追踪仇人，隐名埋姓，甚至到仇人家做女佣。突然有一天，她从报纸上看到《孤岛遗恨》。从没有一部小说让她那么着迷，女主角跟她一样啊，她说。读得心慌，那不是在写我吗？那么多秘密，最大的秘密，复仇，放在心底，从未对别人说过。读着读着，她不时会产生幻觉：是不是每部小说的主人公都有一个真身躲在世界哪个角落？她说。"

哪有这种巧事，如果不是鲍天啸在骗我，就是那个女人在骗他。夕阳照在对面房顶上，不知从哪儿传来小孩哭声。林少佐很快就会回来，但我想知道故事后来怎样。

"后来呢？"

"后来——"他神情有点恍惚，"她其实一点都不明白，《孤岛遗恨》的作者不是鲍天啸。鲍天啸庸俗贪吃，是个无赖，他哪有什么胆色气概。每天中午吃饱喝足，躲进房间点上香烟，突然间他变成一个自大狂，他在纸上宣泄勇气。"

他有点激动，使劲抽着香烟，火星在渐暗的房间里闪烁。这是入夜前最安静的一段时光，再过几小时，音乐声会在街道上响起，赌场舞厅就要开门迎客。

"我被你弄糊涂了，你说《孤岛遗恨》的作者不是你？"

"每天下午我躲进房间，假扮成个作家，让他学着慷慨激昂说话，让他学着悲天悯人，让他学着杀人放火。最后在交稿时，偷偷署上自己名字，鲍天啸。有时候连自己都有错觉，以为当真有另一个我，别看我表面上轻薄浮滑，胆小如鼠，只知满足口腹之欲，内心躲着一个英雄。"

我明白他在说什么。但世事都在一念之间，前一秒钟你觉得自己是英雄，这秒钟你就成了英雄。

"有一天突然我胆大包天，突然觉得什么事情都可以为她做。她说，如今那已不再是私仇。刚刚得到消息，那个仇人出卖国家，正打算投靠日本人。汉奸，人人得而诛之——"

我对他苦笑。谁说不是呢？

"你能为她做什么呢？你是会开枪呢还是会放火呢？她想找写小说的作家帮忙杀人，这事听起来实在古怪。"

他真的有一种天赋，当他把一件事说得越来越离奇，越来越不可思议时，你却越来越想听他继续说，越来越觉得其中另有玄机。

十八

鲍天啸望着远处墙角那只热水瓶，忽然停顿下来，心事重重。大楼被封锁，老虎灶不能再往公寓送热水。

"重新泡一杯茶吧？那水凉了，放了一个多星期。"

我到隔壁301取了一瓶热水。给他换了茶叶，倒完水，小心地把水瓶放到门外。

"这房间没人烧开水吗？"

"你忘了吗？这是审讯室。"我笑着提醒他，"犯人发起疯来，一瓶开水就是一颗炸弹。"

除此之外，审讯室内不能放有利器，沉重钝物也不能有。犯人很危险，他们充满敌意，随时可能爆发。但此刻，鲍天啸和我像两个老朋友一样说着话。

"如果她是故事女主角，我可以帮她完成心愿，在小说中，鲍天啸可以无所不能。设计无数种刺杀方案，每一种都神出鬼没，防不胜防。她喜欢用枪？鲍天啸晓得所有枪支厂牌，想改装，没有问题。弹头要不要加强？或者加点毒药？鲍天啸有十几种配方。氰化钾不行，弹头燃烧起来，氰化钾很快就挥发。也可以用刀，无声无息。鲍天啸甚至会建议你用钢笔，用茶杯碎片，用一根针。人身上有些部位，用一根十厘米长针一戳致命。可以用汽车撞，瓦斯炉，钢琴弦，两根筷子，一块土豆。"

"炸弹呢？"

"炸弹也没有问题。卜内门洋行有个图书馆。那儿有全上海，不，全亚洲最多的化学工业研究专著，最新的期刊，公司分析部门还到处搜集大学论文。"

"对了，卜内门洋行，你在那儿做过几年。"

"在小说里，让刺客怀揣着炸弹扔出去是一种老套方法。业余，结局往往很悲惨。常常发生意外。最要紧是如何引爆。在卜内门图书馆，每个月都能找到更新的引爆方法。"

"你懂那么多，光写小说真是太可惜了。"我想我其实没有嘲讽他的意思。这确实是一个英雄辈出的时代，每一分钟你都可以做出决定。

"她也这么说——"

不全是巧合，某种角度来看，我其实也是在激励他，下一分钟他就有可能闭口，一个字都不再说。

"你们天天见面？"他抬起头，我又问，"那段时间你们天天在一起？"

"后来她把我领到静安别墅。原来她也有一个家，这让人安心。那条弄堂住着很多洋人妓女，一到晚上就乌七八糟。半夜从天井里传出各种呻吟惨叫，像住着一弄堂野猫。"

"你在她那儿过夜？"

这两年国之将倾，男女大防又比以前松懈许多。报纸本埠消息天天有各种孤男寡女风俗案件。见面一两次就解襦相见共赴阳台之事不足为奇。

"我们不是你想的那样。"

"我想不出来。"我的玩笑有点不合时宜。

"她说男人心里有一团火,男人肚子里有一股气。那种事情一做,火就会熄灭,气也会泄尽。只要能成功,她什么都能答应我,但现在不行。"

"成功做什么?什么事情做成功?"

"我答应帮她报仇,帮她杀掉仇敌。"

"果然色胆包天。"我呵呵笑起来。

"她总是在最后一分钟突然变得庄重,让人动弹不得。如果哪天我看起来不太起劲,兴致消沉,她倒特别亲昵,靠近我。"

"后来呢?"

"终于有一天,'我'变成'我们'。我们知道你有勇气,但刺杀巨奸大憝,总要志在必得。我们要试试你。看你有没有胆量,看你有没有杀气。"

他停顿片刻,看着烟灰掉落到地板上,喉咙不断咽动着,好像回到那天傍晚,仍在拼命压制恐惧,召唤那遥不可及的勇气。

"她没有送我下楼。天热,整整一下午,她的薄褂和碎花绸裤让我给团皱得不成样子。扣子掉了一只,裤脚缝又扯破,不像平时,她没有生气。我感觉异样。弄口停一辆汽车,没人招呼,事先说好,看清牌照就上车。"

"牌照号你记得吗?"

"2666。没什么用,我后来到工部局查过,这个牌照从来就没发过。"

"把我拉到戈登路古琴轩,下车上楼入席。"

"是家川菜馆子吧?"

"这几年上海作兴吃川菜,中央在重庆,吃川菜,等于和中央同甘共苦。川辣上火,要去杀人了,吃川菜比较合适。一想到马上要去杀人,心就往下沉。这顿饭吃得食不知味,平生少有。满腹心思,只吃了一碗炖牛鞭。乌漆托盘上一方一圆两件。砂锅有水槽密封,揭盖分食,炖得如胶似冻。"

"不是说要去杀人?"我又一次提醒他。他有一种让人无法捉摸的幽默,把杀人、艳遇和古怪食物搅在一起,没头没脑。

"说还早。围坐无话,都是闷头吃喝。吃到九点钟,有人突然起身。大家出门上车。又把我拉到开纳路新新舞厅,他们是熟客,认得舞女。几圈下来就到十一点钟,巡捕房规定十二点钟娱乐场所关门。又起身坐车向西去忆定盘路,寻到一家俱乐部。门口有两个大汉,不像单单跳舞的地方。沪西歹土三不管,多有这类花样。进门刚坐下,正好十二点。客人纷纷落座,夜里到这钟点,照例有表演。舞女穿着裙子,排成一行,手挽手踢腿,越踢越高。又来几个跳肚皮舞。等这个结束,灯光齐暗。慢慢又有点亮光,不知什么时候,舞池中站了个外国女人,一条裙子密密裹到脚踝。等音乐声响,才发现那裙子就是十几根绿绸。她跟着音乐转圈,绸带就一根根掉下去。全场只有一盏灯,她在光圈中转。这时候有人塞一支枪到我手上,低声对着我耳朵说:右手三号桌,两个男人,先打胖子。快,她要转五分钟。暗地里看见说话的人朝舞池中扬扬下巴。"

"你开枪了吗?"

他摇摇头:"五分钟长过半辈子。等到灯光唰一下再亮,表演结束，客人又开始跳舞。我转头看看，桌上那帮人不晓得什么时候跑得一个不剩。"

"后来呢？"

"后来再也找不到她。平地消失。静安别墅那里，收拾得干干净净，家具上全是灰，像几十年没人住的地方。"

十九

下午的审讯,林少佐换了一种方式。他让宪兵架起写字板,用粉笔写写画画。蓝色小人代表鲍天啸,红色的是神秘女刺客。他像是在为一出舞台剧做准备,反复调度小人的位置。

审讯室内,有一种诡异的合作气氛。似乎双方共同努力,正在设法完成一个联合作品。审讯规则已被悄悄替换,如今故事技巧和想象力更重要,准确性退居其次。细节不断在增加,但不是为了从中发现新事实,倒像是为了满足林少佐的某种个人趣味。

她手背上有块伤疤,阳光下很醒目。原先伤口一定切得很深,愈合后才会这样。不,不像是枪伤,不是贯穿伤,鲍天啸使用专业术语。没有人觉得奇怪,他是作家。

哪只手?右手。是右手,左手提着那只大盒子。鲍天啸与她交错而过,是从右侧。但是,林少佐忽然想到,右手不是插在大衣口袋吗?

鲍天啸想起来了,她在抽香烟。在楼梯转角平台上,在窗边。放下盒子,脱下手套,点香烟。这下全想起来了,她还戴着手套。

一副精致的手套,镶着好多珍珠。她抱着右臂站在窗前抽烟,手背上有一道伤疤。伤疤使得她显得更加老练。

林少佐使劲挠着头发,再次回头看画板。他捏起拳头,靠坐在椅背上,又一下把拳头砸到审讯桌上。

他从包里取出一只档案袋,又从袋里抽出几页纸,递给鲍天啸。文件袋形制特别,我一下子就认出来。那种皮纸质地柔韧,是陆军登户研究所为自己特制的纸袋。传说那是一种双层纸,中间夹有细微胶囊颗粒,用力挤压,胶囊破裂后会渗出强酸,腐蚀袋中一切绝密文件。丁先生主持特务工作,偶尔得到特许在日本秘密机关阅读档案,身为机要秘书,我见识过此类文件,密级很高,连丁先生都会觉得奇货可居。因为这样,我忽然替鲍天啸担心起来。

"陆军研究所有几位专家,他们来过了。他们拆了门锁,收集了碎片,拍了大量照片,也画了图。来之前他们很有信心,几位专家是内行,知道重庆办了个训练营,教练是英国人。他们了解训练营里教的那套东西,在城市里发动巷战、朝水箱里下毒、用铁丝撬开门锁。可是他们开完会,到最后也没弄清楚这颗炸弹究竟如何爆炸,刺客又是如何进入爆炸房间。"

他揪着下嘴唇,他没有办法了,现在他要向鲍天啸请教。

没有钥匙怎么进门呢?他告诉鲍天啸,等不及鲍天啸自己读报告,他从对面伸手替鲍天啸掀页,用手指在纸上画出来,让鲍天啸看。日本顾问提出建议后,丁先生换了房门。陆军战术研究所专门定做,钢制保安门。在特工总部建造竣工前,那是必要防范措施。所以你看,鲍先生,关键是,这个女人她能用什么办法进入丁先生房间呢?

"她是事先进入丁先生房间放置炸弹?"

"鲍先生没有听说过这种办法吗？"

"真是那种延迟引爆炸弹吗？"

"鲍先生对爆炸很有研究，真是一位优秀的作家。"

"没有研究。"他吃惊地抬起头，"不不，从前我给卜内门公司做事，为了熟悉业务，有时在图书室读点东西。"

"鲍先生果然厉害，涉猎广泛。为了写小说，什么都要研究。那样一来，鲍先生写的故事一定能以假乱真、栩栩如生吧？"

鲍天啸摇摇头。

"专家们得出结论，那枚炸弹精心设计，延迟引爆。虽然时间控制器炸得粉碎，现场仍可以找到碎片。弹簧和铜丝，用回形针改制的钩子，有几片碎玻璃，很薄，肯定不是来自炸碎的窗子和酒杯。结论是医用安瓿瓶，内壁燃烧后，有一些残迹，实验室报告说瓶子里原先是电解质溶液，氯化铜。"

再一次，鲍天啸惊讶地抬起头来。好像他无法确信面前这位日本特务机关的少佐，会将如此重要的秘密消息告诉他。

"现场勘查结论，加上你提供的线索。我相信爆炸当天下午你在楼梯上看见的那位神秘女人，很可能就是刺客。她事先进入丁先生房间，安装好炸弹，然后离开现场。等丁先生开会回来后，啪——"林少佐举起手臂，手腕翻转，伸开五根手指，好像他大发善心，突然释放他刚刚逮捕的一只昆虫。

"但她如何进入丁先生房间呢？"

鲍天啸并不认为林少佐是在向他提问。他低着头，继续沉思着某个萦绕已久的难题，似乎只要再加一点点努力，他就可以完全领悟。

"打开门锁——那会很难吗？"鲍天啸提出质疑，想要推翻先前说好的前提。

林少佐惊骇地笑起来，好像他不可置信，难道鲍天啸怀疑天皇御下的大日本特种工业制造技术吗？我替丁先生开过门，钥匙要先向左转三圈，再向右转一圈，再向左转一圈，门才会打开。丁先生说，锁芯可以随时重新设定，旋转钥匙可以有无数种组合。

林少佐觉得有点热，凸室三面高窗吸收了太多午后阳光。他脱下陆军黄呢制服，挂到椅背上。为抵挡这个季节常常会不期而至的寒冷北风，在军用衬衫外面他加了一件毛线背心。那可能是一份礼物，情人或者妻子，希望他在占领区繁忙的治安工作之余，以此稍解乡愁。

鲍天啸妥协了。他不愿意遭到轻视。

"那样想确实太简单了——"

"简单，而且不合逻辑。"林少佐赞同鲍天啸，提出了高标准，"准备了那么精巧的一颗炸弹，却没有设计好进入房间的办法。万一心灵手巧的女开锁专家临时发现打不开门，那可怎么办呢？像个普通窃贼那样，这扇门打不开，换一家试试？"

林少佐突然跳起身，快步来到鲍天啸面前，抓住他肩膀，把他拉到门口，让他亲眼看看那套坚不可摧的安全门锁。门锁从上到下依次排列，像一排衣服扣子，林少佐必须蹲下身才能打开最下面那道钢门。

有没有其他办法呢？林少佐要求鲍天啸提供新灵感。作为一位小说家，他不能仅仅向读者提供事实，一个人能了解多少事实呢？林少佐无奈地翻开一沓审讯记录，让它们一页一页落下来。想象力才是小说家最大的本钱。说到本钱，林少佐提醒鲍天啸，如今那也是他唯一能拿出来做交易的东西。既然在那些秘密粮食交易中，他已输得精光，那就必须好好利用如今他唯一拥有的知识。帮助皇军也就是帮助他自己。林少佐说话声音越来越低，这会儿他变成了在鲍天啸身边转来转去的坏朋友，一有机会就往鲍天啸耳朵里灌输些有利可图的观念。他告诉鲍天啸，皇军之所以至今仍在容忍他那些胆大妄为的举动，纯粹是考虑到，他是率先主动来向皇军提供刺客线索的良好市民。既然他已做出选择，那就只有跟皇军合作到底，抓住刺客。要不然，他岂不是两头不讨好？

鲍天啸呢，简直一句都没有听到耳朵里。他只顾着想他自己的心思，他正在聚集起所有想象力，以帮助女主角完成她那不可能完成的任务。他用右手指敲打膝盖，好像那是一种节拍计时器，方便他在规定时间内找到答案。在他脸上，交替闪现着确定和犹疑，其阴晴不定如此明显，反让人觉得像是在演戏。

"也许她不需要自己进入房间，就能把炸弹送进去。"

林少佐轻声说："很有趣，说下去。"

"比方说，热水瓶——"

林少佐调整了一下坐姿，让自己更舒服些。

"热水瓶？"

"马路对面有家老虎灶，每天都会送来开水。因为最近，有一年多，煤气老是断。公寓住户先是自己提着热水瓶去买。后来有人提议，不如把生意包给老虎灶。大家省力，老虎灶也方便，可以调剂忙闲时间。要不然，一到傍晚老虎灶门口总是排队。每户人家都给热水瓶做标记，用油漆在瓶壳写上门牌号，放到每一层楼梯口。上午和下午，老虎灶会派人来取，把空热水瓶带回，灌满送回原处。开水钱记到账本上，按月结算。"

他把视线转向林少佐，最后使用假设完成他为故事设计的最新情节。

"如果把炸弹放在热水瓶内，任务就完成了。因为丁先生只要一回家，就会把热水瓶拿回房间。"

不是丁先生自己，把热水瓶送进房间的人是丁鲁，或者小周，或者我。我下意识拿起杯子喝一口，证明危险并不存在。如果这杯茶暗伏杀机，生与死在此一举。可是看起来不太可能。丁先生担心有人下毒，把贴身卫士当作最后一道防线。

一般情形，是丁鲁先从热水瓶中倒一杯，让狗先喝，或者自己喝下半杯。他对丁先生忠心耿耿。可是鲍天啸未免太聪明了，让人刮目相看，谁会想到在水瓶里放炸弹呢？大家倒是特别防着下毒，甚至连汪主席厨房都有人想下毒。无论如何，鲍天啸应该得满分，虽然是被逼无奈，这份急智让人惊讶。

鲍天啸继续解释："可以事先准备热水瓶，竹壳水瓶很常见，看起来都差不多。如果用油漆写上门牌号，没人会发现热水瓶被替换。"

"你是说——那个点心盒子？"少佐翻开前一天的笔录，找到那段话，"嗯，原话是，她提着盒子，看起来像是一盒点心。"

二十

"在我的印象中,芥川龙之介先生曾经说过,不可能写出真实历史,能写得煞有介事,他就十分满足了。我赞同芥川龙之介先生,也是一个怀疑论者呢。"

鲍天啸离开后,林少佐对我说。我一直在琢磨他的意思。我也常常编几个故事。中统也好,军统也好,我跟他们偶尔在街上碰到,他们提出一些问题。在那种情况下,故事越花哨,对方就越起劲。

但故事编得再好,也抓不住刺客。

在审讯过程中,有一两个片刻,我真的觉得林少佐被鲍天啸说服了。他像一头听话的狗,追逐着别人扔的毛球,兴高采烈地摇尾巴。我相信他很快就会厌倦,不再扮演这么一个喜剧人物。哪怕鲍天啸随身带着魔术盒,变得出一千零一个惊人故事,林少佐绝不会让自己扮演一个昏了头的国王。他是一头急不可耐的猎犬,他会扑上去把鲍天啸撕成碎片。

林少佐站在门口,我忽然对他说:"我觉得鲍天啸没有说实话。"

"你有什么想法？"

"我不懂少佐为什么突然暂停审讯——"

"让鲍天啸休息一下。今天晚上，我要请他吃饭，日本料理。我可是专门请了海军武官府大厨师，同盟通讯社的人告诉我，那是全上海最好的日本厨师。"

"我怀疑他没有交代事实——"

"你觉得他对皇军不老实？"

"我觉得，这些事情听起来不像真的。"

他笑着说："不要低估他们。千万不要低估这些小说家。他们常常能想出让人吃惊的主意。"

我站在门厅，目送林少佐坐上汽车。门房间无线电里正在放送扬州五更调，大猫在吃粥，小猫在喝汤。如今黄色小调堂而皇之在电台放送，照相馆橱窗挂着裸体照片，深夜舞厅公然让舞女脱光衣服表演。汪先生在南京亲自出席大东亚文艺工作者大会，提出振奋民族精神，清除文艺糟粕。可是，到处都在杀人放火，谁有空管这些事情呢？

我抬头看看楼梯，转身跨进门房。

"你这里清静，来抽根香烟。"我对老钱说。

"马先生，你说日本人到底什么打算？那么多人，要关多久啊？"

"拉开场子，盘马弯弓，总不可能草草收场吧。总得有个台阶让人家下来。"我诚恳地说。

"再关下去要死人。刺客老早逃脱了，哪里有台阶可以让皇军下呢？要么拉几个人出去枪毙算数。"

我笑笑，不跟他计较。这个下人让英国人惯坏了。

"再忍忍吧，也许今天晚上就可以见分晓。"我透点口风给他。

"是鲍先生？不像啊？"他鬼鬼祟祟地打听。

"你觉得不像？"我弹掉烟灰。

他忽然沉默。

"好好一个人，自投罗网。"我替鲍天啸感慨，"我就猜不透这个人，自己跑去跟日本人说他认得刺客，到底是想充好汉还是想当汉奸呢？"

"马先生是说，鲍天啸要帮日本人抓刺客？"他恍然大悟，却让人觉得有点装假，"不是说，要找一个女人？"

"你听谁说的？"

他支支吾吾，蒋先生提起过。

"我看他是想去骗骗日本人，不要弄巧成拙才好。什么地方跑出来一个女人，当写小说吗？你倒说说看，成天醉生梦死，他那样子能有女人找上他？"

"马先生倒不要小看鲍天啸。"老钱嘻嘻地笑。

"是吗？"有谁会不感兴趣呢？

"都说他是作家，客人倒不多。偶尔来个女客，难怪别人稀奇。第二次来就过夜呢，穿大衣拎皮包，那位太太很漂亮。"

"太太？"

"头一回看上去像小姐。第二次——倒像太太。半当中跑到楼梯口拎只热水瓶。"

"那是啥辰光事情？"

"差不多两个月前。"

一辆卡车停在门口，从车上卸下一堆用军用油布包裹的器物，

095

几个日本兵往楼梯上抬。

"后来呢？你没再见到她来？"

"你说那个女人？没来过。没看到。我也不能一天二十四小时时时刻刻盯着大门。从前，晚上八点就关门了。日本人一来，夜市面越做越闹忙，不是跳舞就是赌钱。从前规矩人家先生小姐，怎么肯半夜归家？我只好晚上坐在这里，吃吃老酒，听听无线电。英国大班上船前给我订过规矩，只要看好大门，房钱、工钱、水电煤，楼上蒋先生负责。"

大件器物搬上楼，宪兵们又开始往楼上运各色零碎。一摞描金乌漆扁木盒，铁壶，草编篮里装着各种尺寸的盘子、碟子。

"那天也是晚上？"我问老钱，"是第二次，那女人第二次来也是在晚上？"

"晚上七点多钟。十点钟时候我上楼给蒋先生送一封信。看到她在楼梯口提热水瓶。"

电台里扬州小调拖着尾音，充满暗示。一把木柄薄刀掉落在楼梯上，叮叮当当顺着梯阶往下跳，宪兵捧着木制刀架，无奈地望着它。

"后来更热闹。十点多钟，有个男人来到公寓大门外。穿一件灰色大衣，腰带收得很紧，手里抓着帽子。他跑进门厅看一圈，又退出去，站在马路边抽烟。"

我笑嘻嘻地听取老钱的最新情报，好像一名风化科巡捕。丁先生说过一句隽语："自从有了电影院，情报里就多出许多穿风衣戴帽子的特工。"当时他正在特工总部阅读卷宗。

"我一下就猜到他是女人的屋里厢人，她家先生。"

他见我一时没反应过来，又解释说："那个女人的丈夫。她刚上楼,他就进门,肯定是跟踪她一路过来。"

"你是说捉奸?"

"我在这幢公寓看了七八年大门,什么样人没见过?男人面孔阴着,拿根自来火往他身上擦一擦,一定能点着。不是绿帽子先生,会是啥人?半夜三更,一下子跑进两个陌生面孔,哪有那么巧?你说对不对,对不对,马先生?"

"那么,捉到没有?"

"本来以为有场好戏看。我没开灯,门房间窗户也关着。我一个人坐在那里吃老酒,大厅透进来一点点亮光。不需要开灯,替东家省电。老东家在时是那样,新东家嘛——就算做人不漂亮,"他压低声音,朝楼上努努嘴,好像蒋存仁正躲在房顶上偷听,"我呢,也替他打算盘。那样一来,门厅好像大舞台,灯开得明晃晃。马先生你晓得吗?我每天都像看戏。我们那位二房东蒋老先生,一看到杨家新妇就口水答答滴,临出门还要回头,背后盯牢,看人家屁股一扭一扭上楼梯。"

"既然来捉奸,为什么站在门口?"

"我也这么说。没胆。靠在电线杆上,心神不定,荡来荡去像只游魂。明明晓得自家老婆在楼上跟别人胡天野地,就是不敢上去敲门。"

"可能不知道敲哪一家门。"我提示他。

"不是男人。"老钱下结论,"说句老实话,连鲍先生算在里头,都弄不过那女人。"

"你又知道,自己倒是个老光棍。"我笑话他,顺手又递给他一根烟。

"我怎么不晓得?"他眨眨眼睛,提出重要证据,"我看见鲍天啸吃她一记耳光,就在大厅里,就在我面前,那还有假?"

"你今天吃过几杯老酒?讲个故事东一榔头西一棒槌,听得云里雾里。"

"你性子不要那么急,马先生,先吊吊你胃口。"老钱从抽屉摸出自来火,慢吞吞点烟。

"那男人等了一个多钟头。夜里风大天冷,他躲在公寓门洞里。幸亏半夜三更没人进出,不然吓一跳。女人总算下来了。一路奔下楼梯,皮鞋踩在马赛克拼砖地上,像一匹小母马。当年我在马立斯新村替英国大班牵马——"

"那只耳光呢?"

"鲍先生追下来。两个男人一个站在门外,一个追到门口。只看到那女人掉转头,冷冷看着鲍先生。他赔着笑面孔,女人突然伸出手,啪一记耳光。临出门,回头说一句:'你这个懦夫!'北方口音呢,'你这个懦夫!'跟先前那男人搂着肩膀上了汽车。"

"对了,上车前那男人又进来,警告鲍先生不许把事情告诉别人。你说说,马先生,这只乌龟男人是不是死要面子?"

二十一

审讯室隔壁套间,已布置成日本餐室,让人怀疑宪兵总部里是不是有个道具间,专门用来满足林少佐不时发作的舞台狂想。两面屏风隔出一间小室,一面四扇,四株茶花,一面六扇,合成一幅山水。

林少佐着和服盘坐席上,令侍女给对面的鲍天啸倒酒。

"今天要请鲍先生尝尝日本的樱鲷,"林少佐宣布,"用舰队送来的呢。从濑户内海出发,到公平路码头要整整三天。几分钟前我刚刚看过,鱼活着呢,鱼鳞是金色的哟。"

我像个真正的日本人那样唏嘘惊叫,拖着长腔。我特地穿上最近从南京时髦起来的国民服。

"那是如何办到的呢?"

林少佐竖起一根食指,在半空中摇一摇,得意地说:"马先生,你有没有读过一本法国小说,《基度山恩仇记》。啊,鲍先生一定读过。"

他转过头,期待地望着鲍天啸。他有点失望,因为鲍天啸让人难堪地沉默着，弯着腰坐在对面。他仍旧没有学会林少佐那种坐姿，挺直腰，双手握拳支撑在盘起的腿上。

"在小说中伯爵告诉客人，罗马人让奴隶头顶鲷鱼，从港口运送到罗马，鱼送进厨房前还活着。这怎么可能？这怎么可能呢？伯爵自己呢，把鱼连水装进木桶，又放几片水草。用马车把木桶运到巴黎。多么富有想象力。小说家本人，他吃过这样的鱼吗？但是他有想象力，绝妙的方法。"

少佐拍手，命令宪兵打开一面屏风。屏风后不知何时架起料理台，厨师从竹篓抓出一条鱼，鱼背一抹粉红，鱼鳞果然微闪金光。厨师从刀架上挑出一把，却没有破肚挖肠。他贴着鱼鳃盖骨用力划一刀，翻过鱼在另一面同样位置也划一刀，然后拿刀轻轻一剔，整个鱼头就从鱼身上分开。

鲷鱼斩首后，宪兵把屏风合上。厨师继续清理内脏，剔除鱼骨。林少佐端起酒杯一饮而尽。刀刃切入鱼肉，发出古怪的咻咻声，每割下一两片肉，厨师就用刀背敲一下砧板，即便独自一人在屏风后，他也必须遵循某种古代食肉礼仪。

"一条大鱼，"林少佐若有所思，"处理它需要更多耐心。"

是暗示吗？林少佐可能查到什么，他不打算告诉我。就像我不打算把我听到的故事告诉他。如果公寓没有封锁，如果我可以自由出入，这些故事也许能派点用场。时不时有些老朋友会在街上偶然撞见我，我有义务告诉他们一些事，即使做汉奸，也需要多几个朋友。

鲷鱼切成薄片，铺在碎冰上。林少佐笑容满面，望着囚犯，那家伙不断把鱼片塞进嘴里。

"让人觉得神秘莫测的作家们哟，"林少佐端着酒杯，感慨地说,"我的朋友,武田君告诉我,有时他在街上散步,突然会被陌生人吸引,面孔,或者一个动作,也许衣服上有一处污迹。就在那短短一瞬间,爆炸——"

他伸出手,五根手指朝半空缓缓分开,毫无新意地又做了一次爆炸手势:"头脑中一次爆炸。一部小说诞生了,完全是想象力在起作用。就好像故事有个开关,引爆器,只要抬头一看,人物命运就展现在小说家面前。他可能要去杀人,他也可能被杀,但除了小说家本人,谁都看不见后来将要在此人身上发生的一切。是这样吗?真是这样的吗?"

他喝掉杯中酒,看着鲍天啸。

这个关于爆炸的比喻,让鲍天啸变得谨慎起来,脸颊停止鼓嚼,小声地响应林少佐:"有时候是那样。"

"看吧,有时候——"林少佐大叫一声,转过头笑着对我说,"看吧,马先生,这就是作家。他们不愿意告诉我们。那是个秘密?对不对?那是个职业秘密呢。当然我们可以理解——"

"请喝酒,鲍先生,请喝掉你杯中的酒。再倒一杯。"他亢奋地舞动手臂,然后把手放回到桌上,下了一个结论,"你们擅长欺骗,对不对?小说家都是骗子。"

他又开始对我说话:"今天下午,我忽然想到,鲍先生是不是也在欺骗我们呢?他会不会有什么秘密没有告诉我们?他是不是像武田君说的那种小说家,把偶然见到的女人想象成故事女主角呢?那是多么精彩啊,让爆破专家疑惑不解的难题,他如何猜得到?现场果然有热水瓶胆呢,炸得粉碎,竹壳烧焦了,到处都是碎片。围绕爆炸点,一圈又一圈。鲍先生仅靠想象就能触摸事实,佩服之余,我不免疑惑。"

"我像个认真的读者。为作品着迷,就去找书来看。想要了解小说作者奥秘的决心很大呢。"他举起酒杯望着鲍天啸,失望地发现鲍天啸喝醉般垂着头,他用嘴唇碰碰酒杯,又放下。

"不得不说有些失望。虽然充满期待,最后却发现一堆平庸之作。请不要见怪。我没有轻视鲍先生才华的意思。那些报纸——"他这才想到东西就在旁边,他伸手从身边铺席上拿起一沓用硬纸板装订成册的剪报,"都是给小市民看的。驻军报道部稍一放松,他们就煽动仇日,鼓吹匹夫之勇。管制得紧一些,整天就刊登些通奸故事。于世道人心有何裨益?"

"在这种报纸上,怎么能要求鲍先生写出才华横溢的作品呢?尽管如此,毕竟有一部小说让人产生浓厚兴趣。《孤岛遗恨》——"

林少佐停下来,看看我,又看看鲍天啸,发现没有人赞美他的敏锐洞察力,也没有人为此震惊。

"我们有没有高估了他?这位小说家到底有没有那么高明?没有,他没有让我们失望。鲍先生用《孤岛遗恨》向我们证明,他不仅能凭空想象出一场爆炸,他甚至能提前两个月预见作案过程。小说中的女主角最后终于替父亲报了仇。她使用一颗热水瓶炸弹。换热水瓶的办法,鲍先生那时候就想出来了吧?"

我没有听懂他(怎么能听懂呢?我那时候还没读过这部小说呢)。但鲍天啸听懂了。与此同时,酒精在他身上开始起作用,即使日本酒,喝多了一样会醉人。只见他迟钝地睁大眼睛,双手竭力撑着桌面,试图固定忍不住晃动的身体。如果不是真的惊慌,那他表演得实在有些过度。

二十二

　　时至今日，仍有许多人疑惑不解，有人提出解释，形形色色，相互矛盾。为什么他自己找上门来惹上日本人呢？在他内心深处，有什么不可告人的动机驱使他来当那么一个告密者呢？有种说法是他要逃债，他被饿着肚子的债主们吓坏了。善意一些的推测，则是他想用另一种办法还债，欺骗林少佐，诱使日本宪兵解除封锁。

　　可他为什么要用早已发表在报纸上的小说情节来欺骗日本人呢？他疯了吗？当然，在那种情况下谁不发疯呢？所有人都饿疯了。他可能觉得没人会想得起来，去看一下几个月前，一份旧报纸上的一段连载小说吧？谁会在意呢？连他自己都忘记从前写过什么，那些东西简直一文不值。再说那是日本人。

　　紧接着别人就会说，他无论如何不该把那女人牵扯进来。不管她是不是刺客，都不应该。如果根本就没有那个女人，那倒是另外一回事——可据门房老钱说，真有个女人跟鲍天啸牵扯不清呢。难道他是情场失意，图谋报复？不过这种想法，遭到一致反对。事到如今，谁也不会再那样小看他了吧？

要我说，单靠事后这一点点道听途说就想判断鲍天啸，理解动机，当然不可能。回想起来，整个事件就像一场戏。封锁把所有人关在一座舞台上。饥饿和恐惧使他们迅速进入角色。鲍天啸只是在完成似乎早就派给他的戏份，而剧情变化之快，常常让他做出与他个性完全不相符合的举动。

林少佐大概就是想得到如此效果。他好像觉得，在什么地方有个舞台机关，只要他按一下按钮，布景就自动消失，换上另一台。

宪兵把鲍天啸架回审讯室前，先浇了他几桶凉水，身上全湿透了，他在发抖。既然他看上去完全是一副醉醺醺的样子，活该他要多吃一点苦头。

就是它，《孤岛遗恨》。林少佐把那沓剪报递给我，以便整理归档，最好挑几个重要段落，翻译成日语。

"你觉得那是一种巧合吗？"林少佐向躲在屋顶角落里的某个听众提问。一名宪兵拿着拖把进来，把鲍天啸周围的地板擦干。可他刚转身离开，水又开始往下滴。林少佐耐心地等待着。盯着鲍天啸，看他慢慢从醉酒状态中恢复。

林少佐不时地抱起手臂，又放下它们。抱起时他挠头、摸下巴、拍拍嘴唇把哈欠打出来，像是在牌桌上作弊。他的耐心快用完了。他把手臂放下来，用手指在牌桌上敲。宪兵心领神会，连忙用拖把吸干鲍天啸周围地面。

水仍在滴，但变得零零星星。林少佐跑到我桌边，抽出一根烟，塞到鲍天啸嘴里，给他点上。

"好吧，"林少佐站在擦干的地上，对鲍天啸说，"给我们一个合理解释。为什么小说发表两个月后，手法完全相同的爆炸竟然会发生？为什么爆炸恰恰发生在你家楼上？"

写小说时，他并不总是凭空捏造，鲍天啸解释说，事实上，小说中的爆炸地点，他是按照甜蜜公寓来设计的。假如刺客碰巧读过小说，碰巧发现小说中的场景根本就是甜蜜公寓，而他们的行动对象就住在甜蜜公寓，那么借鉴就不足为奇。

他冻得发抖，难为他想出这套说辞。虽然可能连他自己也说服不了，要不然他为什么会觉得喉咙发干呢？他咽下唾沫，声音很响，喉结惊恐地上下滚动。

给我一杯水吧，想喝水，他恳求着，尽管他身上全是水，仍然想喝水，因为酒喝得太多了。

林少佐面无表情地看着他，显然在让林少佐得到满意答复前，一滴水也不会给他。

"那个女人呢，说说女人吧？为了呼应你的小说，刺客们特地派了个女人呢。还特地找一个老熟人，有一次在舞厅里，你看见她对人开枪呢。"

声音渐渐增大，如同用旋钮调试音量，如果要表示高兴，到这里就行。愤怒呢，要响亮一些，如果是愤怒，多转一圈。

"有两种假设。"林少佐终于找到合适嗓音，"不知道你喜欢哪一种。第一种，违抗禁令，买卖粮食。为逃避惩罚，你编造谎话欺骗皇军。第二种，你直接参与策划暗杀丁先生。也许正是由你主谋。我觉得无论哪一种，都够得上枪毙。"

直到日后，当我有时间读完《孤岛遗恨》，终于弄清楚何以林少佐会认定鲍天啸就是爆炸事件的主谋。两起暗杀，一起在小说里，另一起几天前真实发生。它们如出一辙。不单指那些隐喻，你们知道，孤岛啦，背叛啦，报仇之类。事实上，所有细节无处不符，如果是两部小说，简直就是抄袭。诚然，小说写得稍微简单一点，有些地方不清晰。比如女刺客究竟是如何把热水瓶炸弹送进房间的呢？小说没有交代。严格说起来，有一点小小不同，小说中，女主角自己把热水瓶送进房间，然后炸弹就爆炸了。女主角是与仇人同归于尽啦？似乎小说也没有交代。到最后，爆炸整整写了一节，大段大段的形容词和心理描写，作者替女主角抒发了慷慨赴义那种强烈情感。

但是，在调查报告上，完全可以画上个大大的"但是"——这么一来，岂不是更加可疑？要知道，把热水瓶放在楼梯口，让它自己进房间。这种主意，若不是大楼内部居民，不可能想得到吧？

就算当时没有读过这部小说，我也能感觉得到，鲍天啸越来越深陷其中，脱不清干系。而他自己，终于意识到这点，认命一般，他不再辩解，垂着头，沉默不语，好像沉默也算得上是一条防线。

没有戏剧性的情绪变化，没有突如其来的暴怒。既然这样，林少佐平淡地说，既然你不愿意帮助皇军，那就不配享受大日本皇军提供的美味佳肴。他朝房间那头的阴暗角落招招手。

宪兵托着乌漆木盘，木盘里有一只青色瓷罐。

"鲍先生，你欺骗了我。我很愿意多交些朋友，尤其是像鲍先生这样的朋友。樱花开放季节的鲷鱼是日本最好的食物，我们用来招待真朋友。可是，后来我们发现鲍先生是个骗子，这有违交朋友之道，这就不公平。"林少佐终于找到一个罪名，他认为恰如其分。对这样一个罪犯，他首先必须讨回公道——在枪毙他之前。

"你应该把吃下肚子的鲷鱼还给我，还来得及。在它们被你消化之前。有很多办法。可以让他们用拳头打你肚子，或者用脚踢。听说前些年在中国南方，一个县城，有一位姜县长，想出来一个好办法，他用刀切开犯人肚子，把食物挖出来，用这个办法讨回公道。但我还有个更好的办法。那是从中国人那里学来的呢，唐朝。我的老师孝先后二先生总是喜欢说，日本人从唐朝人那里学来很多东西，中国人早就忘记了那些东西，现在应该让日本人来把它们传授回去。"

他摸了摸那只古色古香的瓷罐，用手指敲敲盖子，向惊慌失措、早已忘记装醉的鲍天啸解释道："是一罐苍蝇。宪兵队花了很大力气从厕所粪堆上把它收集起来的。你要吃下去，五秒钟后，你会呕吐。你刚刚吃了很多鲷鱼，喝了很多酒，吐光需要一些时间，一分钟，两分钟。那样就公平了。"

鲍天啸突然失控，跳起来扑向托盘，被迅速冲到他身后的宪兵们按住。门外又进来两个日本兵，连同先前在室内的两个，一起把鲍天啸翻过身来，让他仰面朝天，把他死死按在地上。没过多久，鲍天啸力气耗尽，不再挣扎。宪兵们掰开他的嘴，用一把木勺，把成团苍蝇尸体挖进他嘴里。一个日本兵提来水瓶，朝他嘴里灌水。灌下半瓶后，日本兵猛地将鲍天啸提起，把鲍天啸的头按进木桶。

呕吐声从木桶深处传来，我觉得喉咙口涌起一股酸味。很快，房间里充斥着一股腥臭味。林少佐起身打开窗，晚风凉得让人发抖。

二十三

深夜，林少佐越发亢奋。卫生间的门开着，鲍天啸蜷缩在地上。相同过程不断重复。拷打，崩溃，胡言乱语，负责拷打的宪兵已两次换班。鲍天啸呢，早已麻木了吧，疼痛有极限，过了线，就不觉得痛了。

他只是觉得渴。每一次开口，总是恳求给他一点水。呕吐、惊恐、尖叫、呻吟，无休无止地拳打脚踢，永恒地暴露在强烈聚光灯下。他的身体不断在失去水分。但林少佐仍旧不满意。

有一度，鲍天啸想认下欺骗罪名。但皇军对骗子一点都不感兴趣。我们认为，你说得很有道理，林少佐说，可是你没有说出全部真相。说到违反军事禁令，偷偷在公寓内交易粮食，林少佐对鲍天啸说，那可是严重罪行。他让宪兵把何福保带上来，让他站在鲍天啸对面。

林少佐告诉鲍天啸："你们违反皇军封锁令，私自买卖违禁物资，何先生已交代。这件案子——"

他一边说话一边掏出手枪，朝何福保后脑勺开了一枪。

"——就这么办吧。"

话音刚落,何福保已倒在卫生间瓷砖地上。枪声在公寓内引发轻微骚动,有人在睡梦中惊叫,很快就平息。观众呢?对面楼上那些观众呢?没有观众,现在是深夜。

如果说先前鲍天啸有某种幻想,觉得自己总可以退到某条底线,承认自己欺骗了他们,觉得这样就能过关,那他现在也应该清醒认识到,没有。根本就没有底线。对于林少佐,杀人十分容易。而对于他,故事必须继续往下讲,直到它完整无缺。

可他被吓坏了。没有灵感,找不到合适语调,甚至连说一句整话都觉得困难。他不能不说话,也不能说不,"不知道"或者"真不知道","不记得"或者"实在想不起来",这些话他都不能说。拒绝,哪怕仅仅包含那种意味,都有可能触发林少佐头脑中那支手枪扳机。他垂着头,蜷缩在椅子上,像个罐头被压扁了,孤零零放在那儿,随时可能被人当成靶子。他脸颊抽动,喉咙焦渴,发出含糊的声音:"让我想想,让我想想——"像是他觉得,如果不发出一点声音,就代表拒绝回答,拒绝回答,那支手枪就会射出子弹。呜咽声连绵不绝,越来越低弱,又突然响起,那是因为林少佐突然用手指敲了敲桌子,鲍天啸又惊到了。

他想喝水,他不敢面对林少佐,把头转向我。就好像在那种情况下,我竟有权站起身,替他倒杯水。在聚光灯后的暗处,林少佐毫无表情。

"喝水——"鲍天啸再一次恳求我。

我站起身,不知那样做,到底对不对。不知林少佐会不会在背后开枪,因为怜悯囚犯是不允许的。

"楼梯上有水。"他绝望地说。

"你交代吧。"我那语气简直是在恳求。昨夜这场戏，让人心力交瘁，我这个观众也受尽折磨。

我回过头，看向暗处。

"说出来吧，丁先生与你无冤无仇，你甚至求过他，为了找工作——"连我自己都想不通，为什么忽然之间，我想要在观众席上站出来，说几句台词，帮他转圜。我疲惫不堪，内心受尽折磨。这出戏他们都快演不下去了，可怜的家伙快要踏上绝路了。

"也许他想为丁先生工作，就是想接近丁先生，找到下手机会。"林少佐在聚光灯背后冷冷地说。

鲍天啸猛地抬头，我以为他要喊叫，却只看到他艰难地动动嘴唇。呕吐的黏液干了，变成一片片裂开的灰斑。

"说实话吧。全都说出来。"

林少佐突然站起来，对我说："很好，马先生，我把他暂时交给你，继续审讯。"

凌晨时分，林少佐回宪兵队休息。汽车引擎声响起，我递香烟给鲍天啸，找来杯子，从墙角取来水瓶。

他看着热水瓶，摇摇头："水凉了。"

真可笑，都这样了，他还不能将就。

我把热水瓶放回墙角，到隔壁取来热水。

"有天晚上，老钱看到有女人进你房间。还有个男人站在楼外。"

他望着墙角的水瓶，注意力好像完全集中在那些数字上，根本没听我说话。

"女人打了你，一个耳光。"我提示他。

隔了一会儿，他说："老钱看到了？"

他想了一想，又说："那是另一回事。"

"我没报告林少佐。你自己说吧。事情到了这地步，你要救自己。爆炸过去那么久，刺客早跑了，说出来，不算伤天害理。"

"你再想想，写完小说，有没有人向你请教过爆炸那些事？"我婉转地问他。

他长吁一口气："我自己把自己绕进死弄堂，何必害别人？"

"为一个女人，值得吗？"

我完全被他弄迷糊了。我认为他说的那些事情全都是子虚乌有，我不相信，却又觉得是有那么个女人。我看见他为那个女人落泪。不知出于什么样的心理，他跑来把她告诉日本人，因为怨恨？那个女人在点燃他的情感后，突然消失了。也许是想求证？就像掐一下大腿，证明自己不是在做白日梦？

"她突然消失了，她让你帮她杀人。你不敢，她就打你耳光，骂你懦夫。然后她消失了。你恨她，所以你跑来报告日本人。在你内心深处，甚至希望日本人找到她，因为你没有办法找到她。事到临头你心软了，可这回你把自己绕进去了。"

我替他编了一个，听起来毫无道理。

"他记错了。"

"谁？"

"老钱。他记错了。吵架、耳光，那是很久以前。"

我不信，老钱记性好着呢。昨天傍晚，就在鲷鱼宴前半小时，那时林少佐还没有回公寓，我正在房间换衣服。老钱领着蒋存仁跑到我那儿。两个人一左一右，像是在说书。鲍天啸那个女人，蒋先生也看见过。他们不是来告密的，他们根本不了解情况。他们是来告诉你，因为马先生你地位高，晓得所有情况。这些事情让你知道，你就能想出办法来。撑不下去了，大家都撑不下去了。事情总要有个头。

"你为什么不告诉日本人？"

他忽然说。我看着他。为什么要告诉他们，对我有什么好处。汉奸也分好多种，有时候汉奸也不想害人。

他忽然笑了，笑得十分难看。

"现在，日本人知道不知道都没关系了。你可以去说给他们听，什么事情我都可以扛下来。是不是为了一个女人，现在有什么要紧？"

他疲惫不堪，毫无条理地说着这些没头没脑的话。

二十四

"我可以说实话,"鲍天啸对林少佐说,"我想吃东西。"

上午九点三十分,林少佐回到审讯室。阳光很好,他兴致很高。街道对面天台上,观众们坚守座席。他们相信好戏在后头,林少佐已向大家预告了耸动的结局。在昨天的报纸上,林少佐告诉记者,他找到了线索,相信刺客很快就能抓到。

他愉快地对鲍天啸说,要吃东西,可以。他随时都可以满足一个真诚合作者的任何要求。

鲍天啸像变了个人,现在他变得很有把握。是好天气带来新灵感?他又有什么新故事?

"美琪大戏院边上有一家包子铺。我想吃他们家肉包子。"

宪兵开车去买。包子很快就买回来了,冒着热气,装在纸袋里。林少佐撕下粘在包子上的牛皮纸碎片,把包子一只一只放在桌上。

鲍天啸边吞着肉包子,边说:"——这是一种黏土炸药。可以任意切割,捏成各种形状。卜内门化学公司产品目录上有一种

RDX[1]，顾客说出恰当理由，他们就能帮你进口，少量。你可以说是学校化学实验室要买。另外一个办法，你可以购买氯酸钾除草剂，按照配方自己来弄。爆炸威力可能小一点，其实也够了。把炸药和塑性黏胶混合到一起——"

"困难部分，是把炸弹送进房间。"吃完一只肉包子，鲍天啸又想喝水。我到墙角取来热水瓶，找到杯子。

"有一个简单办法，"鲍天啸继续说，"引爆，是一种化学反应。一个小安瓿瓶，一个铁夹，一个弹簧。热水瓶中的水倒去半瓶，锁住弹簧的针钩就会偏离原先位置，弹簧就会弹开，推动小针，刺破安瓿瓶中的隔层。很快，两种液体就混合了。不是要增加压力，是减轻一点，撞针就会释放。当然要先试几次，调整弹簧长度，看看倒掉多少水更合适。按照需要，倒掉半瓶也可以，必须等到整瓶全空才能爆炸，也行。唯一的缺点是，它不像触发式装置，即刻爆炸。会延迟，炸药会在一两分钟后爆炸。"

他伸手要杯子，我打开热水瓶盖，他突然对我厉声喝道："滚开，你是什么东西。"

他夺过水瓶，用杯子自斟自饮起来。林少佐微笑地望着他。只要鲍天啸开口，他可以容忍。

"有一个小问题，303有两个热水瓶。都用油漆刷着门牌号。偶尔整瓶热水都没使用，原封不动放在楼梯口，老虎灶上的人拿回去，重新灌上热水。因此，要确保成功，必须把两只热水瓶全部装上炸弹——"

鲍天啸大笑起来，把热水瓶稍稍举高，死死盯着林少佐，冲

1　Royal Demolition Explosive，中文俗称"黑索金"或旋风炸药。——编者注

向他。

一声巨响，另外一只炸弹就在此刻爆炸。我撞到墙上。炸弹虽然小，但威力惊人。不知是不是因为昨天深夜，我对他表示了善意？或者，他也许想让我帮他完成这部小说？

早上，林少佐回来前，鲍天啸忽然对我说："我让你滚你就滚。"说完那句话，他就再也没说别的，只等林少佐回来继续下一轮审讯。我以为他是神志不清说胡话，直到爆炸前几秒钟，我一下子明白了这句话的含意。最后那一刻，可能林少佐也意识到了，可这时事情由不得他了。

二十五

第二次爆炸最终被认定为一起事故,犯人交代后,林少佐当即检查物证,却发生意外爆炸。林少佐当场毙命,热水瓶爆炸时,几乎贴到他脸上,审讯桌炸得粉碎,纸屑和碎布料与无法辨识出部位的肉块粘在一起,几分钟后就干结。

我被震晕了,因为迅速滚成一团缩到墙角,只受了一点轻微的皮肉伤。十多天后伤愈出院,恰好躲开那场事后调查。

爆炸全程被人照了相,占满当晚各家报纸版面,第二天更多。有一位站在对面楼顶天台上的记者不知是不是被爆炸闪光吓到,居然在爆炸瞬间同步按下快门,他拍到了玻璃窗粉碎四溅的画面,整片玻璃鼓成弧面,像水花一般散裂。这幅照片后来被人传到纽约,刊登在《时代》周刊上。很多年以后,我在一本摄影画报上看到过一幅类似的照片,怀疑可能就是它。但我不是内行,无法确定。何况从那以后这种高速摄影的照片也越来越多了,我总觉得那些可能都是学了它的拍摄方法。

先前的调查没有发现热水瓶这个关键因素。后来,日本沪西宪兵队把责任推到公共租界巡捕房头上，因为他们最早到达现场。宪兵队说有几个英国人在移交时故意引发混乱，究其根本原因，当然归结为巡捕房那位日籍副总监无能，没有将巡捕队牢牢控制在手——那本来是将他从东京警视厅特高课调来最主要的任务。

特工总部的人因为从一开始就是被怀疑的对象，全都被看管，后来倒避免了被日本军方追究责任。当然，前提是那些审讯笔录永远不要让他们看到。如果他们发现鲍天啸在二次爆炸中起的作用，肯定要继续追查下去，封锁和惩罚也会无休无止继续下去。他们也许还会把视线转到我头上。事情就那么不了了之，日本人甚至忘记了对公寓居民再加惩罚，可能跟报纸报道有关，或者是因为新政府刚成立，气氛需要祥和。

因为接连发生爆炸事件，修造特工总部（也就是众所周知的76号）的进度加快了，不久我们就搬了进去。

我自己倒很想尽快把整个事情忘掉。你们这些喜欢读小说的人，可能会觉得那是想要摆脱内疚，一种心理反应，他们是那样说的吧？那样就有点小看我，虽然当了汉奸，我可不是忘恩负义的人。

鲍天啸救了我。或者更符合实际情况一些，在关键时刻，鲍天啸把我给放生了。他是英雄豪杰，敢做敢当。我不知道他为什么起了这么个念头，把自己送到林少佐的刑讯室里，不管你如何疑惑不解，最后他给出了一个完美无缺的答案，一件壮举。

我意思是说，我宁可把这件事放在内心深处，有朝一日再把它说出来。

可是有人不允许我保守秘密。我那些在重庆的老同事安排了一次邂逅。他们在街上拦住我，把我拉到锦江川菜馆。他们不是来对我说大道理，他们是来送一份保险的，他们说。我可以继续当我的汉奸，只要我接受了他们送给我的那个密码本，一种工作关系就算确定了，我也就能得到一种将来一定有机会兑现的保险。

我用筷子夹起一粒陈皮牛肉，稍微犹豫了一下。这个时候日本人还没有偷袭珍珠港，太平洋战争还没有爆发。汪政府中人还踌躇满志，没有一个人意识到要给自己找一条退路。而且，因为南京中央储备银行"中储券"发行不顺利，跟军统正打得不可开交。两方面今天你枪杀两个钱业大亨，明天他朝银行扔一颗炸弹。

不知道出于怎样一种冲动，我到底接受了他们那种安排。人总是要想想退路。我可以向别人说大话，说那都是因为鲍天啸的壮举感召了我，但独自面对自己，这么说就没有必要了。

我根本没有提到鲍天啸，是他们自己说起他的。

几句话过后，我发现他们对这个话题完全不是偶然兴起。我渐渐意识到，他们此来可能就是想打听甜蜜公寓二次爆炸的内幕。出于首度正式合作务必诚恳的做人原则，我基本上把一切都如实告诉了他们。客观地说，有夸大其词之处，也顶多是将事件进程中相关人物的心态情状，尤其是其中模糊不清的地方稍作调整。我敢保证，对于事实本身未做任何伪饰演绎。

完全没有想到，在反复确认我对鲍天啸何以如此作为一无所知的情况之后，他们突然告诉我，鲍天啸那种做法完全合乎逻辑。说话的那位在这里稍作停顿，诡秘地笑笑。他说，鲍天啸是军统地下抗日武装行动人员。

那天中午在川菜馆，我相信了他们，也认为他们要我对故事情节做些细微改动的要求合情合理。他们说，在设计行动的讨论过程中，有一位女同志误解了鲍天啸，把谨慎当成胆怯，责备他是懦夫，可能还打了他一个耳光（这个情况他们也是刚刚才知道），无论如何，这些事情以后就不要再提了。因为面对艰险，就算是鲍天啸一时畏惧，那也是人之常情。英雄不拘小节。另外一个人又补充道：知其不可为，而最终为之，那更是大英雄。

那天下午我回到特工总部，又觉得其中有很多细节，用"鲍天啸是军统人员"那么简单的一句话不能解释清楚。我让丁鲁带几个人跑了一趟甜蜜公寓，把老钱秘密拉进76号。在高洋房底层楼梯背后那个小监室里，吓得快要尿裤子的老钱回答了我的一些问题。他的说法再一次让我疑窦丛生。他说，打耳光那事情，纯属子虚乌有，是鲍天啸自己编的。有一天下午（他说的大概是鲷鱼宴前的傍晚），蒋存仁拉着他一起跑到鲍天啸房间，要鲍天啸说清楚欠的债到底怎么办。鲍天啸答应他们，他会给大家一个交代。不过有一件事要大家再帮一下忙。他讲了一个活灵活现的故事，关键是，他要大家把这个故事传出去，不管用什么办法，最好是让三楼的人听到。

"什么故事？"

"就是那个女人。捉奸，打耳光。"

"他想让你把这件事传到谁耳朵里？"

"可能——主要就是马先生你。"

这是鲍天啸在预先埋下伏笔吗？转弯抹角让我相信确实有那么一个神秘女人。提供一条线索。在他猜想中，我一定会转手就把情报告诉林少佐。那样他说的话就得到证实。他总是想把日本人引向那个女人。他设想了一个故事，也想好了如何把听众慢慢带进故事。但他遇到了挑剔的听众，充满敌意、只想把他逼入绝境的听众。

谜团刚刚被风吹散，又合拢到了一起。鲍天啸究竟在甜蜜公寓爆炸事件中担当了一个怎样的角色？他的壮举到底是一次还是两次？他是不是从一开始就参与其中？难道他真的只是在后来、当我递给他热水瓶时才想到还有另一颗炸弹？真的有那个女人吗？可他为什么要编造那些故事呢？

只有一件事情我可以确定，不管有没有她，她是一个真正的活人也好，她是完全向壁虚造的小说中人也罢，哪怕她仅仅诞生于鲍天啸一念之间，一旦从他嘴里脱口而出，她就真正存在过。因为他为她着迷，为她感动，甚至为她杀了人。

对于我，鲍天啸有救命之恩。他甚至救了我两次。战后在审判汉奸的法庭上，不知军统哪个部门，向法官提供了一份证明文件，说在鲍天啸用炸弹刺杀日寇军官的行动当中，我本人实际上起了一定的协助作用。而且在此壮举感召下，我加入了军统地下斗争。我因此被免于追诉叛国投敌之罪。

又过了许多年，我这时已来到台北。在调查局退休干部联谊会上，有人拿来一本《传记》。那是本让老家伙们写些半真不假的往事，满足一下虚荣心的杂志。他们拿给我看，是因为那一期刊登了鲍天啸的故事。据那上面说，在那两次爆炸行动中，鲍天啸并不是孤身作战。实际上，有很多人在背后支持他，配合他，帮他做准备。那些人后来都授了勋，升了官。

特工徐向璧

一

徐向北当然知道徐向璧在勾引他老婆。都是他自己怂恿的嘛。他要再狂些,很可以说是他自己设计的。事实上,一切都发生在他眼前。

他到底决定让徐向璧走进自己家门,来来回回考虑过不知多少趟。他一心一意想让老婆过好日子,那回胆囊炎开刀,半夜里从麻醉中苏醒过来,看到她支着下巴坐在床边,使劲睁着眼睛,一面孔疲惫。那句话当时就脱口而出:

"我一定要让你过上最开心的日子。"

可开心日子哪能说来就来。关键是手头紧。他一个中学总务处职工,能有多少闲钱闲心拿来逗老婆开心?他跟美术组老范有交情。老范那儿有一套《金瓶梅》,十本,装在木盒里,他一本本借来看。王婆那套五字诀,潘驴邓小闲,他能占到哪一项?

徐向北觉得,他有他的问题,可他老婆也有她自己的问题。从她那头说,也许都怪那名字。孟悠。真不知道她爹是怎么想的。巧不巧起这么个名字,纯粹是不着调,纯粹是个马马虎虎的定义,存心是在匆匆给她的整个人生下结论。难道真想让她一辈子梦游去？

她就是那种——好好走在平地上会摔个大跟头的女人。她至少有一半人生活在另一个宇宙。她整个人，好比说，就是努力想从她置身其中的那个狭窄时空跳出去，不管是那个一米六稍多点、苗条、乖巧、器官精致的身体，还是她从小到大住的石库门底楼厢房。那些缺乏想象空间的弄堂，小学语文教师办公室里的上午八点到下午五点，还有她和徐向北婚后栖身其中的那间火柴盒，那些单调的、按部就班的夜晚。

就好像，她身体里最轻盈的那部分的确已跳出去，可比较沉重的那部分却只能认命。

芸芸众生，这种状态其实于人无害。顶多是她独自发愣时，别人要把一句话翻过来倒过去说好几遍，她才能听明白。可跟她身边的人，尤其是跟她最亲密的人，问题就会很大。很大很大。

它会逼得人家跟她一起往外跳，跳不出去也得跳。或者假装跳出去。徐向北过了好久才有点明白过来，他独得青睐，自己这个异乡人身份是占便宜的。滚滚而出的儿化音啦，国字大白脸啦，一米八的大高个啦，在她最初的潜意识里，这些东西可能暗示着生活的另外一种可能性。还有她一直以为他想必会有的爽朗脾气。他确实有，本来有。可后来——

后来不知怎么搞的，他觉得自己越长越奇怪，越长越干瘪。肩膀在往里缩，腰背渐渐佝偻，脸越来越黑，皮越来越松，法令纹扯在脸颊上，那张大脸变得像是放隔夜的白面馒头，水泡过，风吹过，如今干裂着，变形变得认不出算是哪种江南点心。口音也变得南不南，北不北，北京话往南凑，上海话往北凑，两下一会合，有点像是在本地吃不大开的江北口音。

他自己心里很明白,那都是因为他的精气神,都跟着老婆跳啊跳啊往外跳,那么多年跳下来,还能剩下点什么?夫妻二人,也就剩下看电影的时候有商有量,争抢大部头小说第一卷时吵吵闹闹,除此之外都懒得对话。

徐向璧的事,他记得三五年前就告诉过孟悠。虽然当时向北自己都弄不清他在哪儿,他在干什么。当时两人才刚认识——幸亏他一眼就看上她,早早拽她脱离那小圈子。不是洁身自好,也不是脑子好、有预见。纯粹是先下手为强。他俩迅速发展到谈婚论嫁时,消息传来说那帮人全给公安抓去,因为开黑灯舞会。他们1983年结的婚。别人进班房,他们进新房。

那阵子"国泰"在放《黑郁金香》。孟悠对阿兰·德龙的面孔顿时着迷。童自荣那嗓音她也很迷。

"比《铁面人》好看。"她下结论。

那晚在襄阳公园长条椅上,他说他有个孪生弟弟。

"不见啦?怎么可能?讲给我听——"

确实说来话长。何况那时候,他能讲清楚的事实不多。有多少是记忆?有多少是幻觉、想象?你们知道,这就是话赶话——你说到一件事,就拉出另外一件事。一个小小的细节,又会蔓延开来,变成另一个复杂的故事。故事——是的,日久天长,他这个孪生弟弟的故事渐渐变成他们夫妻俩之间的一档固定节目。有时候,报纸第四版社会新闻栏的一则小故事会重新勾起他的记忆,有时候是一封来信……

偶尔,他会有那么一种感觉……好像说,这个在他头脑中模模糊糊的孪生弟弟的形象,由于他的叙述,变得越来越清晰。某种意义上,这个弟弟变成他的理想、他的寄托,变得好像是他自己——他身上最好的那部分,他身上最轻盈的那部分,他那尚未被人发现、尚未被他自己的老婆发现的那部分。

这会儿——他的弟弟,那个比他晚二十多分钟来到这个世界上的弟弟,他从少年起就再未见到过的孪生弟弟,这个在他二十岁那年突然神奇消失的人——这个陌生人,又一次神奇地出现在他的世界里。现在,他叫徐向璧。

他刚一说下周要出差,那封信就到。真会挑时候。信封落款是徐向璧,他不认识这名字,那封信搁在饭桌上,吃晚饭时,又转移到缝纫机面板上。饭后他才拆开它,哇哇大叫,自己都觉得激动得跟唱戏一样,有点不好意思。

"是谁啊?这么大惊小怪的?"

他再次读信,琢磨着,觉得信里说话的语气跟他自己挺像。那还能怎样?怎么说都是双胞胎弟弟。

"到底谁啊?"

"我弟弟——"

"你弟弟?"

"我跟你说起过的,我是双胞胎里大的那个。"

"啊!他蹦出来啦?"

二

谁都不知道徐向璧是从哪儿蹦出来的。有时候他都觉得,压根就是从孟悠那好胡思乱想的脑袋里蹦出来的。你说说,她整天就盼着日子过着过着就蹦出点奇迹,这不,奇迹来啦。

信上说,都是他一手制造的假象。二十岁生日那天,他让人把自己灌醉,农场那帮哥们儿。半夜醒过来,他忽然换掉个人似的,觉得自己再不能这样过下去。整个下半夜,他睁着眼睛盘算。凌晨跟着上山伐木的小队出工——这回本来轮不到他。要往山里走半天,扛着吃的喝的,连续干上两三天,全累趴下才下山。第二天上午九点,在林场深处某个背阴陡坡上,他布设出完美现场:陡坡边沿刨出的滑痕、碎土。陡峭山坡外,大林海郁郁葱葱,树顶遮蔽下深不见底,一个天坑。他拣出一件破旧衣服,裹牢大块土石疙瘩,轰隆隆往坡下扔,伸出脑袋望望,折断数根树枝。

嗯,一封信说不到那般详细,这种种细节徐向璧后来才有机会亲口补述。

简单说,徐向璧伪造事故现场,让人误以为他落下峡谷,就此消失,无影无踪。他计算一夜,确信这做法一举两得。生产现场发生伤亡事故,家里可以拿笔抚恤金。钱会送到他妈那儿。那一年,爹妈离婚,他和徐向北小哥儿俩像别的财产那样一分为二,向北跟着爸爸,他就跟着妈过。从小到大,他还从未给他妈挣过一笔像样的钱。

最重要的是,他就此可以自由自在,想干啥就干啥,没人管得着他,想去哪儿去哪儿,不用晚回农场报到一天就扣掉工分,取消下次休假资格。他准备充分,所欠的仅仅是决心。食物衣服早就藏进山上那间茅棚。钱,那数年积蓄,他一向统统随身带。

农场在西南边陲——信中他语焉不详告诉向北,后来那几年,他混在东南亚某个小国,混得不错。他反复警告徐向北,所有事情都要保密。要保密!向北正念着,水池边刷碗的孟悠说:

"要保密要保密。跟个孩子似的。"

徐向璧在信里说,绝对绝对不能让人家知道。从法律角度说徐向璧已是死人,因公牺牲,抚恤金都发过。他没有户口,人人都有一个身份,他没有。

信上虽不说,向北能懂。这事的要害在于,他弟弟想必不止一次偷渡国境线!

"你看,他不肯说,不过他一个失踪人口,怎么可能想出国就出国,想回国就回国呢?"

孟悠乍碰上这种事,心里怦怦乱跳。自打她生下来,这得算是头一回。涉及其中的神秘人物,竟然是她小叔子。

"他怎么不问问你过得好不好,不打听打听你有没孩子?你这弟弟,跟你一点都不亲热——"

向北心里头掠过一丝懊恼。不过他什么话都没说。

星期天下午，向北不在家。多半是跟楼下那帮狐朋狗友一块儿，躲哪个阴凉地打牌玩。或者下军棋，徐向北最喜欢四国大战，所谓五村第一高手。那是势弱时敢骗敢蒙，转强时心狠手辣，精神智慧在棋盘上发挥至极限。往小板凳上一坐，两条手臂小方桌上那么一撑，遗传天生那份燕赵豪气，全耗这上头。

孟悠在阳台上，把被褥往晾衣竿挂开。十月好太阳，晒得人发愣。李老头在楼下拿着喇叭直叫："徐向北电话徐向北电话。"半天她才回过神。

"他不在——"

没多久，向北就钻进家门。

孟悠看电视，没理他。美国老片。《金玉盟》。正高潮，男的起身要走，女的双腿盖着毯子躺在沙发上。孟悠鼻子又开始发酸。

"我有电话？"

没听见。

大声："我有电话？"

"你怎么知道？"

"我——我在楼下打牌，听见的。我去看看。"

向北又蹽出门。

屏幕再次变花时，向北回到家里。

"又花啦。"孟悠冲着他说。向北跑到电视机跟前一阵拍打，图像渐渐显露。

"等啥辰光给你换台松下廿吋。"向北咕哝一声，鬼鬼祟祟到衣柜里翻东西。奇怪——接个电话就跟变个人似的，换彩电，气壮如牛的话就这么脱口而出。孟悠瞪着他。

向北背着身，挠挠头，想想不对，又转过头对她说："等有闲钱。"

"喊,哪会?"

"我出去一趟,见我弟弟。徐向璧到上海来,住在锦江饭店,让我去见他。"

孟悠忽然兴奋:"他怎么说来就来——"

又一想:"你是他哥哥,他该来见你。"

"他不便到处抛头露面。你知道。"

走到门口,徐向北又回头说:

"我这弟弟,也不知在哪儿长大,简直不像我们家家教出来。他该请你的。"

"我才不去。得他来登门见我呢。"

"行行,我让他来朝拜您,太后。"

"你们家啥家教?"

三

老天！徐向北带回来五千块钱，五十张簇簇新的百元大钞。还有一堆包装美丽的外国食品。本市大概只有"七重天"那种地方，才会见到这么漂亮的东西。一件金色的女式风衣，V字大翻领，束腰，过膝。最让孟悠瞪大眼睛的是那只黄澄澄的金戒指。绝无可能是本地金店银楼土产。

"这是香港的？周大福？"孟悠听说过。

徐向北决定说实话："不是。来之前，他不知道有你。临时决定送见面礼。在茂名路锦江饭店楼下买的。"

白炽灯泡下，戒指上微光荡漾，像金色的鱼鳞闪烁。

"这么多钱——看起来像假的……"

"胡说。"徐向北笑着骂她。

"他怎么能赚那么多钱？"

"我没问。他胆大妄为——我猜想，一定不是什么好来路。"

"什么？"

"我是说这钱，一定不是什么合法生意赚的。"

"啊？"

"走私。多半是走私。"徐向北咧着嘴一脸坏笑。

"这种钱我们能拿？"

"你管他，"向北几乎有些兴高采烈，"他干他的，咱又不参与。他给哥哥嫂子送钱，拿着花就是。钱上还能看出好坏来？你能看出这钱是黑的白的？我反正看不出来。"

窗子开着。一阵风掠过，掀开密盖在徐向北脑门上的头发。灯光照耀下，油光光，喜洋洋，像是有一股以前从未光顾过他的春风笼罩眉宇之间，像是从那些电车路般的抬头纹里，一大拨好运气正止不住往外冒。

平素孟悠问他一句，他能回一个半个字就不错。今天他轻轻巧巧就说出这么一大串，好像早就深思熟虑过一般，好像这摞钱竟然能让他转性变个人似的。

"他长得什么样？"孟悠寻思着。

"这话说的——跟我一样！"

徐向北自己觉得没底气，跟着说："比我看起来年轻点。你说他那么多苦头吃下来，又是插队，又是逃亡，又是动那么多脑筋使坏心眼儿赚钱，居然看起来比我年轻！"

"你是自家把自家过老的。人哪，活的就是那股劲头。"

"也是，人一穷，越过越憋屈。"徐向北把这摞钱狠狠拍到桌上。

"你这弟弟，胆子可够大的。他过的到底是啥日子啊？"孟悠神往地说。

四

第二天一早，徐向北让孟悠把出差用的人造革大包找出来，随手往里塞几件换洗衣服，准备出门。平日他出差可不像这样，他会把包塞得鼓鼓囊囊。一大堆吃的用的，小零小碎全装包里。酱菜都装一大瓶。出门在外，忘记带哪样，到时都得花钱买。

孟悠赶着上班，没顾上问他。

向北心里笃定。他有钱……他会有多少钱，甚至都还没告诉孟悠。绝对不止五千。好吧，他对自己说，弟弟的钱，给哥哥用些不行吗？哥哥拿到钱，藏点私房不行吗？

他先到单位，把大包塞进办公桌底下柜子，锁好。到领导办公室打声招呼，得有半个月不来上班。最后，他从抽屉里拿出昨天刚取的照片，他和弟弟徐向壁的合影，他们以前从未合过影。他再一次仔细看那照片，照片上的这对双胞胎，差别还是很明显的……他会赶上弟弟的，他把照片小心地插入钱包，放进口袋。

他从锦江饭店徐向壁订的套房出来，已然换了个模样。皮尔·卡丹烟灰色西服，蓝条纹白衬衫，金黄色丝绸领带，小羊皮鞋，金丝边眼镜。

他独自跑到美心酒家，要一壶花茶，几件凤爪蒸饺，消磨一段时辰，快中午才出门。又沿着淮海路向西，一路走一路趾高气扬，不管路人如何侧着眼瞧他。

他一头钻进"白玫瑰"，让人给他理个平头。像徐向璧那样的平头，他心想。决定照徐向璧那样子拾掇一番自己。

剪完头发，修脸。修完脸，又用磨砂膏磨脸。这一番弄下来——他看看镜子，整个人容光焕发。再走到街上，不自觉挺起腰来，觉得比先前高大许多。

他不着急，他有一肚子计划。他一向不是个有计划、照计划安排生活的人。可突然之间，徐向璧——来到他跟前……

某种东西进入他的身体，跟徐向璧有关。似乎是，徐向璧的性格，他的大胆、想象力，甚至……他的形象渐渐开始干预他，影响他，改变他。

层出不穷的想法和计划从他头脑里冒出来。他要抓住机会——人要懂得抓住机会。再也不会给他更多机会，都老大不小啦。

他认为自己能够控制徐向璧。他不是哥哥吗？总还有点把握。他甚至能借用弟弟的手改变一切。首先，要让徐向璧进入他的生活。他可以让徐向璧获得合法身份。这是徐向璧唯一缺少的，此外他样样都有。而他徐向北，除却一个身份，一个安安稳稳的家庭，一份众人皆知也皆认可的工作，别的他还有什么？他们俩可以互相交换一点东西。

那一来，徐向璧就能走到大家面前，走到大街上。就能尽情花销，尽情抛撒他的钱，他那一大堆钱也都能变得合法起来。

当然，徐向北自己会有点小损失。连孟悠在内，都必须承受。

因为归根到底，有所失才会有所得。

他可以跟徐向璧一起，分享那堆钱。一大堆钱！

五五开，四六开，哪怕算在他徐向北头上那份更少些呢，哪怕一九——他用一份，他弟弟用九份行不行？

没什么好担心的。他俩本来就是双胞胎。别说不站在一起孟悠分不出来，就站一起孟悠也未必能分清。别说晚上分不清，就白天也不见得能分清。那你说，这个和那个，对孟悠又有什么不一样呢？

别人。别人更不用担心，双胞胎，这种情形谁能看得出来？就算看出来，又有谁会管你的闲事？生活在这座城市里，如同沉浮于茫茫人海。悄然而至，飘然而去，又有谁会格外注意你？

他觉得自己好聪明。以前看起来不大聪明，全因手里没有钱。钱是激素，是兴奋剂。人一旦有钱，自然会充满激情，充满想象力。

他不忙动手实施计划。先让自己好好享受一番，痛痛快快花点钱。人要学会不心软，先得学会对钱不手软。到那境界，头脑才会越发机灵，好主意层出不穷。设计更好的细节，让想象中的计划完美无缺。

可以让徐向璧歇几天。不管徐向璧有多厉害，现在一切由他控制。只有依靠他，徐向璧才能在这座城市立足，具有一个合法身份。事实上几乎可以说，这个弟弟如今只有依附于他才算存在，简直像一只牵线木偶。

五

月黑风高。外滩黄浦江堤。十月江边,闲人已少。寒风从陆家嘴方向吹来,席卷起突突马达声。机帆船驶过,一列拖船尾随其后。正是涨潮时分,小船像是漂浮在孟悠的下巴底下,一片乌云遮挡住月亮。

事情委实有点莫名其妙。

刚把碗筷放进水池,窗外就喊她接电话。那是公用电话亭当晚最后一次进线。杨老头急着回家吃晚饭,站在电话桌边,手抓窗板盯着她看,她敢再多说一秒钟,老头很可能用木板将她横扫出门。

后来她确实想到,她慌里慌张就答应去见他,一大半要怪杨老头和他那块窗户板。

电话那头竟然是徐向璧。

"你哥他不在。"

"噢——"电话里一阵沉默。

忽然,电话里刻意压低的声音急促起来:"我必须跟你碰头。今晚你出来一趟。"

"那样着急，你病啦？"

"当然不是——现在只能这样。你必须来。到外滩。"

孟悠稀里糊涂答应下来。那刻意压低的声音略显急促，有种高高在上的熟络，就好像他知道你的一切，而你对他却很陌生（像那种神秘机关给你打的电话）。昏暗的电话亭，灯泡用一根电线吊下来，风吹过，一阵摇曳。孟悠打个寒战，轻轻说一声："噢。"

挺拔的身影在江灯的微光下向她靠近。她回头，既陌生又熟悉，如同久别重逢。

"孟悠？"

即便是黑暗的堤岸边，她也能认出，正是徐向北的双胞胎弟弟，活脱似像。当然是比向北英俊些，板寸头发下，眉宇显得更开朗些。黑色的羊绒大衣，风打着竖立的领子，啪嗒啪嗒。

"别盯着看。注意我身后，两点钟方向，那两个家伙还在不在？"

五秒钟后她回过神，想起两点钟方向的意思。拿眼角瞥过去，果然有两条黑影。在江堤人行道下方，躲在粗梧桐后朝这边张望。烟头忽闪忽灭。

"轻松点。自然点。我们往前走。挽着我。"

越这样说孟悠越紧张。徐向璧胁下很温暖，光滑的羊绒襟袖摸着很舒适。但身后有一双危险人影，让她想起小说电影里的黑道仇杀。

"别紧张。"江堤台阶上，她一脚踩空。

徐向璧迅速向后扫视。拐进汉口路后，他加快脚步，拖着孟悠向前奔跑。

路边停着辆轿车。车身很长。金属漆在暗夜下闪烁。驾驶座上有人等着。徐向璧拉开车门，孟悠弯身坐进去。车厢异常宽大，她没坐过这样的汽车。后座是对面两排，与驾驶座隔一道玻璃窗。

关门动作迅速轻盈，如同收拢翅膀。门一关，汽车就滑动起来。车内很温暖，很安静。两人相对而坐。汽车无声无息地疾驶，像蝙蝠划过夜空。

她有点怯，不敢说话。

"司机听不见我们说话。"

"噢。"

良久。她问一声："这算是什么汽车？我从没坐过这样宽敞的。"

"凯迪拉克，加长型。"

"噢。"

车子平稳驶过闹市区。路灯越来越亮，车厢内光线瞬息明灭。他半闭着眼睛，似在沉思。她忍不住盯着他看，越看越觉得不像，越看越觉得弟弟长得实在是比哥哥好看。尽管闭着眼垂着头，浑身上下仍旧向外散发着一股——杀气。是因为向后绷紧的嘴角？

徐向北的嘴角总是那样咧着，嬉皮笑脸。

"我哥不在家？"

"他出差啊，没告诉过你？他昨天刚来过电话。"

沉默。他突然抓住孟悠的手，握着她的手腕，从底下托着她的手。汽车在摇晃，他的坚硬的指骨关节碰触着她的腿，似有若无。

她有些慌张，不知他想要干什么。

他盯着她看，瞳仁在黑暗里闪烁。

"有包东西，能不能帮我保存？"

…………

她愣住，好像没听明白他话中含意，好像在担心这是个天大的玩笑，是谁在故意逗她，拿她开心。

他在等待。车子沿着马路，由东向西疾驶。十月的梧桐树，树冠依然丰满茂密，遮挡住月光，遮挡住两边房屋内隐约射出的光线。十月份的天气就是这样，温柔而肃杀。

"你必须向我保证——"他的手在握紧，她的手掌被挤成一颗心形的空拳，掌边感觉到一丝疼痛。她茫然低下头，看着自己那几根细弱的手指在他的指缝里艰难挣扎，在夜色下像一束脱水的白葱。

他的手干燥、温暖。

"你要保证，不能向任何人透露这情况。不要告诉任何人。包括——徐向北。"

她悚然一惊，抬头："为什么？"

他一声叹息。余音在车厢里袅袅不绝。

"我找不到他才找你。如果交给他，我一样会让他对你保密。多一个人晓得就多一分危险。你可以拒绝——如果你答应，就保证。这性命攸关！"

某种奇异的激荡突然袭向孟悠的心头。无来由的冲动……想要参与其中，另一种生活。与黑暗环境有关，与幻觉有关。这个密闭黑暗空间，让她想起电影院观众席。

"是什么？"

他挪动腿脚，把一个黑乎乎的东西踢出来，踢到她脚边。她等待片刻，伸手去取。是个小箱子。

他帮她提起来，放在她膝盖上。是个轻薄的密码箱。黑牛皮，银色的金属箍圈。

"不要管里头的东西。别打开。别告诉任何人。也别告诉向北。多一个人晓得就多一分危险。你不能打开箱子,不要去看,多知道一点,就多一分危险!"

徐向璧让汽车直接停到小巷深处,跳下车。他朝巷口方向张望片刻,快速拉开车门,让孟悠下车。

"你赶紧走。直接上楼回家。别害怕。我帮你看着后面。"

她连走带跑冲进家门,关上门,锁上保险。

她把箱子放在桌上,惊魂未定。喘息稍停,她开始琢磨如何藏起这件东西。她往床下塞,担心那还不够隐秘。

她拉来小桌,叠上方凳,爬到悬空吊高在房间门口的小储物间里(那是徐向北用两星期时间自己搭建的),在一堆灰尘覆盖的旧棉胎下,把那东西安顿好。盖上棉胎,再盖上报纸,再堆上几件装旧衣服的包裹。

她满头是汗,坐在床沿。

我是特工人员。她睁大眼睛,无法理解这电光石火般翻转的各种悬念。间谍,间谍你懂不懂?这箱子里有无比重要的文件,涉及国家安全!她快要昏厥过去。在泰国,有人追杀我。我有些大意……以为是几个小毛贼,以为不过是几个台湾的黑道杀手。我一向把自己装扮成生意人。这次我看走眼。

她没法把他说的话串联起来,这些话她都不能理解。她只是从心底里冒出一股迫在眉睫的感觉,有什么东西在逼近她,可她却不知道那是什么。只是那股气氛,她感觉得到。

六

徐向北坐在锦江饭店北楼下的酒吧,桌上放着平底杯、冰桶、水杯,还有一瓶"蓝方"。才十来天的工夫,这个人已完全变了个模样。

雪茄烟架在烟缸上,他自斟自饮,气度不凡,好像天生就属于这个地方。在他西装的内襟口袋里,左边有一沓人民币,右边有一沓外汇。犹如怀揣着两颗小型原子弹,他觉得自己的气场可以笼罩整个大厅。

杀气。

他已拉开序幕。按照计划,第一步要迅速、果断、不由分说。让人不敢不服从,不得不服从。

火到猪头烂。只要有钱,在这个城市里没有什么办不到的事儿。

租个豪华轿车实在太容易。友谊汽车公司有个贵宾车队,是市政府专门接待贵宾用的。清一色豪华大轿车。从前全都是政府养着。如今自负盈亏,也得想个法子弄钱。公务接待之余,车队可以自行出租。徐向北拍出几沓现金,先包下半年,司机的工资另开一份。车牌在200号以内，走在路上，交通警都不好意思拦它。想停哪儿就停哪儿，行动无极限。必要时，还可以在前窗边挂上英国旗、美国旗，你想挂哪个国家的旗就挂哪个国家的旗。

他没别的坏心眼儿，就想痛痛快快花钱，做梦一般花钱。让他老婆孟悠，让他自己——俩人一起做梦一般去花徐向璧的钱。

与此同时，要保证不坏事。既不坏徐向璧的事儿，也不坏自己的事儿。主要是自己的事儿。至于徐向璧的想法，根本不用管他，徐向璧得听他的，徐向璧不得不通过他，通过他徐向北，获得一个合法的身份，不对吗？

七

孟悠睡在床上,如睡针毡。

连着两天她都睡不着觉。家里藏着那样一件宝贝,说又不能说,看又不能看,要命不要命?徐向璧刚一开口,她还以为是什么跟违法犯罪活动有关的东西。可又不是,可这更要命。特工!论心狠手辣,他们比犯罪团伙厉害一百倍。那天晚上,跟在他俩身后的那两团黑影,会不会跟踪到此?……无数电影场景在天花板和床铺之间的半空中渐进渐出,街头追杀,密室谋杀,先奸后杀!她没睡着时一帧一帧画面在她眼前飘过,她睡着时还窜进她的梦乡。她看过太多太多录像带,徐向北职务之便,常常把学校的卡带播放机私自带回家。在看电影上头,他俩如饥似渴。

徐向北为什么还不回家呢?可他回家,她能跟他说吗?

又到下班时,她心里发怵。一直等到天黑——

路人行色匆匆,一阵寒潮过后,天气小小回暖。她尽量选择小街小巷,弄堂深处飘散着炒锅的油香。

有人拦住她。是徐向璧。米色的束腰风衣,金边眼镜在夜色里熠熠发光。眼镜并不能给他添上一星半点书卷气,却让那脸庞变得更加严厉。

"那天晚上你没戴眼镜。"

"我视力很好。你知道,干我们这行,眼神不好可不行。不过是变个样子,我们要常常改变形象。你知道——"

"你知道你知道,我什么都不知道。"她突然发怒,可不知为什么,倒像是在撒娇。

他的皮鞋擦得锃亮,徐向北的皮鞋从来都是灰扑扑的。

他朝她微笑。瞳仁在镜片后闪烁,像是在嘲笑她。

她有些心慌,摸摸头发,拉拉包带。

"别害怕。今天没有人跟踪我。东西还好?你别怕——让我来处理。我们去吃饭。"

她预计错误。她还以为他会把她带去什么豪华餐厅。她希望是锦江饭店的"食街",因为徐向北告诉过她,向璧住在锦江饭店。"食街",学校里一个有香港舅舅的同事炫耀过,一顿饭要吃掉好几千呢!

"在公众场合吃饭,我怕你不安心。"

真的很体贴。孟悠不知道要是跟徐向璧坐在人头攒拥的餐厅吃饭,冒着那样天大的危险,她还会不会有胃口?

他让司机把车朝西区开。汽车停在衡山宾馆院子里。他扶着旋转门,让她先进。他把百元大钞夹在手指缝,轻轻塞入大堂行李房服务生的马甲口袋。

"带我们去西班牙套间。"他小声发出不容置疑的命令。

房门打开,是一条弯曲走廊,墙上是几幅水彩画,骑在马上的阿拉伯人、猎手、弯刀、枪、弃置不用的堡垒、破碎的墙,背景是沙漠。又是一道牛皮包覆的沉重内门。客厅中央悬挂着巨大枝形水晶吊灯，正面墙上是巨幅油画，鲜艳的舞女，黑暗的背景似有人头涌动。

他领着她走进餐室。两面有窗，两面墙上挂着小幅油画，画着鲜花和食物。桌上餐布洁白，纹饰复杂的印花瓷器，耀眼的玻璃，寒光四射的银色金属。

孟悠略感不适——并不是觉得受冒犯，只是有些手足无措。但他殷勤地请她入座，不适感转瞬即逝。

"你那东西，需要我帮你藏多久？"她话说出口，便觉得有些不合时宜。

"别担心。事情快解决啦。"他微笑。

"今天不说这些。"

他转身过去，摆弄一台机器，打开后一整排灯珠跳动。他抽出唱片，手指在封套上轻轻弹，就这张吧，他对自己说。

唱片在旋转，音频指示灯如金蛇舞动。音乐响起——

是重新编曲的电影音乐。她熟悉这些电影。她喜欢这些音乐。他知道她喜欢？

"这是哪个乐队？"

孟悠其实也不懂多少，她知道保尔·莫利亚，知道曼陀瓦尼。

"我不知道。我不懂音乐。我猜你会喜欢——"

"你猜？"

"我不会猜音乐。不过我会猜人。"

温暖的房间、音乐、美食、从窗外树顶上吹来的风。他的微笑。他的迅速在冷酷和风趣之间变幻的神态。

她觉得生活真美好，她忘掉所有的不愉快，忘掉那个危险的皮箱，甚至连徐向北也短暂从她这一刻的梦幻里消失。

八

他已让徐向璧跟孟悠会面多次。总是在夜晚。美味佳肴、音乐、酒,他从不知道孟悠那么能喝。在西区林荫道散步也很舒服,九点以后,街上行人较少。凯迪拉克跟在他俩身后。他还不敢轻易安排白天,夜晚有夜晚的幻觉。他担心,一到白天,幻觉会不会消失?孟悠看到徐向璧的面孔,会不会想起他来?那很可能会破坏所有梦幻般美好的感觉。

他冒过一次险,让徐向璧清晨在路上拦住她,请她去希尔顿酒店吃早餐。那是最糟糕的一次,她急着上班,早上醒来时常常脾气很大(他知道她这脾气)。

他觉得自己有些冒进,他要更耐心些,孟悠是个需要很大耐心的女人。在某种微妙的程度上,他希望徐向璧能够替代他,做他自己已难以做到的事——进入孟悠的梦幻,进入她的内心深处……

他感觉得到孟悠身上的变化。这一半是较为昭彰的物质效果,他让徐向璧送给她衣服、饰物。还有一半在精神上,那很难形容。他几乎像是紧紧跟在他俩身后,像是能偷听到两人的对话,他观察她的变化，为此兴奋不已（像个大敌当前的战略家）。

每天深夜，他都在锦江小酒吧里喝酒。平均三天喝掉两瓶，不会真正喝到醉，只是让自己松弛下来。他不敢喝过头，喝成那样，人就会伤心失落。

九

孟悠觉得头晕。全身每个细胞都像让人给注射进某种温暖的液体。大量的水分让她变得分外滞重、黏稠,浑身绵软无力。房间里所有的光源都变得轮廓模糊,像是变幻不定的云团。

"我有点头晕……"她低着头朝自己嘟囔。

"我这是怎么啦?"

面部肌肉僵硬,她觉得自己笑不出来。可一旦开始笑起来,就刹不住车。

徐向璧的脸在晃动。他的手指也在晃动——

竖起的两根手指——在她眼前,在她鼻翼的两侧缓慢摇晃,带着拖影……让她的鼻根一阵发痒。

"我这是怎么啦?"她傻笑着问他。

他的面孔在背光里有些阴险:"我给你下药啦……"

她笑个不停,兴味盎然地打听:"你给我下药?什么药啊?"

"吐真药——"声音像是从一根极细的管道里挤到孟悠的耳朵里,挤压成一丝断续的线条。

"什么？"她一点都不惊讶，她想坐起来，想问问清楚，可她笑得浑身发软。

"一种可以让人说真话的药丸。"

她头脑还是很清醒，吐真药，间谍们怎么那么喜欢使用这些奇奇怪怪的东西呢？

"给我看看，那药到底长什么样呢？"

他递过来一只筒状的景泰蓝小瓶，她打开盖，药片上有几个英文字母。她递还给他——

手一软，药瓶掉到地上，几粒药片滚到沙发底下——

"为什么要给我吃药呢？"她天真地问他。

"一个简单的测试——你必须说真话……你有没有打开过那个箱子？"

"没有啊，我没有啊，真的没有啊……"

"你有没有向人说起过这件事？"

"没有啊。"

"有人向你打听过我吗？"

…………

十

　　孟悠觉得自己在着魔。夜里担惊受怕，下午走在路上东张西望，暗自期盼徐向璧藏身在哪个街角，突然跳出来拦截她。每一次他出现，都意味着一个梦幻之夜。

　　连着两天，他都没出现。

　　第三天下午，她站在学校大门外，正在聆听戚老师当天最后一个八卦，抬眼看到马路对面停着那辆车。徐向璧站在人行道上，大半个身子隐在汽车背后，正在朝她招手。

　　戚老师瞪大眼睛，说话都有些结巴："那，那是谁？那不是——"

　　"向北的双胞胎弟弟。一直在国外——"

　　"啊。噢。"

　　披着那件黑色羊绒大衣，在风中飘飘如黑衣王子。

　　戚老师诡秘一笑，孟悠搞不懂这笑容的含意。

　　徐向璧也在朝她微笑。风卷起枯黄的梧桐树叶，在地上旋转、铺散，如同铺出一条金色的地毯，横在马路的中央。

她踩着树叶走过去,脚下沙沙,像是小心翼翼走向又一个新梦境。

"想不想看电影?"

"电影?"

"我知道你喜欢这个。"

"你知道?"

"猜的。"

说真话的药丸——那天夜里,他到底问过她多少问题?到底她说过些什么?真的是药物的作用?还是她本来就想把真相告诉他?说真话的药丸……一个不错的理由,一个可以让人说出事实的理由……

不是电影院。是西郊宾馆。树影幢幢,一幢小洋楼。

二楼小宴会厅已重新布置,一面墙上挂着白色帆布银幕,两侧的墙都有窗,窗子已被厚厚的丝绒覆盖。服务生把他俩引到宴会厅中央的两张巨大沙发上。茶几上放着奶茶、巧克力和酒。

徐向璧拍拍手,所有灯光突然关闭。

直升机把黛米·摩尔(电影女主角)送上游艇时,孟悠已完全入戏。她紧张,不知这一夜会发生什么……

黛米·摩尔身上依稀有她自己的影子,做梦般严厉的大眼,浓眉,茂密的头发,修长圆润的身体,白皙的腿。黛米·摩尔一败涂地。不是败在金钱上,而是败在一个梦境里。

她在掉眼泪,一只手伸过来,握住她的手。

十一

在黑暗里，徐向北的鼻子也有些发酸。一滴眼泪滑落。

一切都在按计划实施。这不能怪徐向璧，是他自己设计的。连看电影这一出，也是他设计的，只有他晓得孟悠真的会把自己丢失在剧情里。

实际操作起来，只要乐意大把大把撒钱，一切都很容易。西郊宾馆是高级领导休息的地方。租下整幢别墅，租下宾馆的电影放映机，租下拷贝，只要找到路子，一切都好办。他的司机从前是军人，有个战友在西郊宾馆，此人的日常工作就是管理这些设备。

其实，这事情最难为的部分是他自己。谁乐意眼睁睁看着自己的老婆让人家拐走？比较说得过去的理由是，他想让自己的妻子平静地迈入金子般的梦乡，踏踏实实地花钱。人不能从贫穷的火柴盒房子里一步跳进奢侈的宫殿。她会慌张、失态，她会承受不起，尤其是因为她正派，她胆小。只有置于她自己的幻想世界里，她才会勇敢无比。

如果对自己更诚实些，他还有别的理由……

没有人像他自己那样知道自己，没人知道他脑子有多好使。他没有得到过什么机会表现。从前，只有下棋时，别人才有可能看出些微，才可能对他优秀的智商稍稍估摸出一些来。智商，他们管这个叫智商。四国大战，他喜欢下这种军棋。他善于布局，进程中灵活调整。他下手果断，稳准狠，最得意的一局，他只花七步就消灭一家对手。面对绝境他从不气馁，摆明要输的残局，他仅靠一只工兵就能扛掉对手的军旗。最要紧的是他擅长察言观色，人都有基本行为模式，记住那些特征，你就能对照甄别，猜到别人的心思，制敌于机先。他猜得很准，尤其是那些常常跟他一起下棋的对手。

十二

孟悠有点醉意。这类事情她从前都想过,甚至把她自己代入角色。那是她最秘密的精神游戏。既让自己参与冒险,又让自己置身事外。在心理和现实两个层面,她有足够的安全距离。

这些幻想,她从未告诉徐向北。即使在他俩最亲密的时候,她也从不告诉他。幻想本身就是自足的,不需要别的东西掺杂进来。拿性幻想来说,她可以在大脑里上演一出疯狂的床戏,如痴如醉,实际上她只是闭着那双眼睛(她瞪大的眼睛常常叫徐向北气馁),让向北用最传统、最笨拙的姿势趴在她身上——足够啦。

有时幻想强烈到如此程度,以至于想象力本身就试图消除那条隔离线。有时候会失控,幻想变成真正的行动,那往往会闹笑话。有些行为,在幻想时显得那样真实可信,一旦实际去做,真实感突然会烟消云散,连自己也觉得虚假做作。

有一次,她内心的亢奋达到如此高度,突然翻过身来,赤条条跪在床上,背对着他,差点把屁股拱到他鼻子尖上。那一刻她疯狂地想让他从背后跟她做,这从未尝试过。向北刚一用力,她整个人翻到床底下。丝绸被面太滑,她也太激动。徐向北一把抓住她的髋骨,把她打捞上来。

看吧,这就是试图让幻想变成真实行动要付出的代价。

这会儿她有点醉意。桌上那只蓝色长颈玻璃瓶内,调制的甜酒已喝掉一半。身体像妖异的白色昙花,在夜晚的窗台下鼓胀、盛开。

那张巨大的沙发,安置在窗台下。

她埋在沙发深处,身体顺着靠背和坐垫弯曲铺展。觉得自己像一整条青白的鱿鱼,光滑、柔软、鼓鼓囊囊、空心,一腔液体,仍在渴望吸吮。

徐向璧,跪在她的脚边,望着她。

"后来我怎么对你说的?那天夜里,你给我吃药以后,我到底对你说过什么?"

她想起那些小药片……第二天早上,她从沙发底下捡起两粒,偷偷藏在口袋里。

"你说你脑子里有一只蝴蝶在飘来飘去——"

"还说过什么?"

"你问我还有什么问题想问你。"

"那你怎样问我呢?"

"我问你想让我问你什么……"

"我怎样回答你的呢?"

…………

月光下,身体在挪动,绕卷到一起,手臂和腿在寻找合适位置。他找不到,把脑袋埋到她怀里,可怜巴巴。

"帮我一下——"

她陡然一惊。不是哪句说法,哪个动作——是这个片段本身似曾相识。是这种局面,这突如其来的感觉……

难道真像他们说的,在骨子里,在展露人性本质的行为里,在最基本的、全然条件反射的一些举动里,这些双胞胎会表现出奇异的相似性?

十三

在黑暗的房间里某个更加黑暗的角落,徐向北也陡然心惊。他记得自己总是找不到地方,总是怯怯地求她帮一下手。他觉得徐向璧有些失控,他的双胞胎弟弟此刻正任由自己的本能驱策。

根本的情况是,他自己有点失控,他恍惚而忧伤。有些事,你可以驾驭两个人齐心合力做好,有些事你只能驾驭你自己,无法驾驭别人。有些事,你甚至连你自己都无法驾驭。

他要寻找机会,提醒一下双胞胎弟弟。徐向璧,你必须压制本能,时刻不忘自己是在表演。不然需要你干什么?你跟我有啥不一样?咱俩是双胞胎。

十四

徐向璧也已醒悟。几乎同时……

在月光下,他察觉到孟悠有一丝惶惑,察觉到她那短暂顿挫。激动渐渐缓和,心气儿好像突然泄掉一大半。

他捧过她的面孔,发疯般亲吻起来。手指头在她身上又掐又摸。身体滚烫——

他猛然推开她的脸,望着她。

他使劲扳她的腰,她的眼睛在黑夜里特别明亮,像从窗外庭院里层层叠叠的树影里透射过来的路灯。他用力拍打她的屁股,把她翻转过来,抓住她的膝弯,向沙发深处压去。她背对着他,臀部高耸,像满月,像无云之夜满月上的一片阴影。最后的一瞬间,他停止表演。

十五

　　有些事情，你假定自己可以掌控，所以你放手任其发展。可事情一旦进入到它自己的轨道，你立刻发现并不像你想的那样简单。被你忽略掉的、你以为最无关紧要的部分突然会蔓延开来，席卷着人和事向前猛冲，让你痛苦万分。

　　徐向北此刻就感受到这种痛楚。

　　亲眼看到自己的老婆在别人的身体下喘息、呻吟、尖叫。

　　每一次他都在现场。这是他与徐向璧之间的约定，是双胞胎之间的不成文法律。弟弟不能忽略哥哥的存在，不能脱离哥哥的指挥，不能瞒着他自行其是。

　　即便亲眼看到所有的情形，他还是发现徐向璧和孟悠的幽会正在朝着他无法理解的方向迅速脱轨。

　　徐向北制订计划，徐向璧必须不折不扣执行。是的，徐向璧干得不错。不久他就发现，诱惑可以控制，欲望可以控制，但人的感情却无法控制，男女之间那种突如其来的互相渴望无法，无法控制……爱。

他忽然发现,这个虽然刚建立联系,却已感到十分熟悉的弟弟,他并没有真的很熟悉。

简直是彻头彻尾的背信弃义。有些人,一开始他不过是要个身份。好吧,你帮他虚构一个合法身份,然后他就想从你这儿抢走更多东西。完全在你预计之外。你措手不及,让你觉得自己纯粹自讨苦吃。

还有孟悠。他想让你过上好日子,天晓得要动多少脑筋,承受多大压力。可你才短短两个星期就忘乎所以,就一心一意喜欢上他的弟弟。他不怨恨孟悠跟徐向璧上床,那是他的双胞胎弟弟,假如按照冥冥天意必须如此选择(他觉得天意已昭然若揭),双胞胎岂不是由同一颗卵细胞分裂而来?就好像说,徐向璧与孟悠上床,就同他自己跟孟悠上床一样,是同一具身体在不同时空所为。但她爱上徐向璧,事情就有所不同。

最最让他心如刀割,是他终于发现徐向璧爱上的孟悠,并不是他熟悉的孟悠,这个更好、更快乐、更健康、更完美、更新鲜(并且一天比一天更新鲜)。这个新的孟悠,绝不是从外面什么地方突然跳进她的躯壳的,而是从来就深深藏在她的躯体深处,从未被他徐向北发现过,从未由他徐向北亲手挖掘出来过。

他不能任由事情就这样发展下去,他觉得属于他的孟悠在逃离他,他得想想办法。再说,他也不能以出差为名老是躲在外头,他得回家。

十六

谁都能发现,孟悠变成了另外一个人。她与戚老师最亲厚。小戚最早发现她身上的变化。容光焕发。

戚老师来找孟悠,约她下班后一块儿洗澡。浴室在学校对面。浴票是发给教师的福利。刚入冬票子就发下来。天冷,哪家也烧不出那么多开水,本市又不供暖——据说新中国成立初年,华东局领导发扬风格向中央提出这建议。供煤很紧张,长江以南可以不用燃煤供暖。

孟悠这些天住在宾馆,不必去挤公共浴室。

"哟,搭上阔小叔子,就不带穷人一起玩啦?"

"你胡说什么。"

"说得不对啊?你看看你,衣服贵得我们看都看不懂。"

"谁说贵?"

"喊,没吃过猪肉,还没见过猪跑?"

"嗯,你整天陪猪猡散步。"

"嗯,陪你这头猪散步。你看看你,心宽体胖的。"戚老师疾速伸手,在孟悠的奶上捏一记。

"我胖啦?"孟悠有点担心。

"陪我洗澡吧,我检查检查。"

孟悠真的陪戚老师去洗澡。群众关系必须搞好,已有些风言风语,有人在议论她。

在更衣室脱衣服,戚老师嘴里不停啧啧。孟悠连内衣都是手工制作的日本高档货,丝绸要缝得那样挺括,那得有多难,多花工夫。

要好姊妹总归是要好姊妹。戚老师对孟悠没坏意。洗完澡,照老习惯穿上内衣躺在沙发上喝茶。几句一说,话题渐渐隐私。

"徐向北还在出差?"

"嗯。"

"那你肯定有问题啦。"

"啥?"

"他那个双胞胎,天天来接你。有人说看到你们坐在车里,挤在一块儿,那叫一个亲热。"

"是谁在嚼舌头?"

"我们要好姊妹,我劝你要当心。徐向北不成器是不成器,是个好人呢。我看他那个弟弟,不像好人。"

晚上,她想把这些话告诉徐向璧,问问他,你到底是不是好人?可她没能说出口,梦幻一般美好的夜晚,怎能用这种恼人的话题来打扰?

她觉得她的思想和行为前所未有地融为一体。她的身体和她的精神从来都没有这样合二为一过。她可以在高潮来临前一瞬间,哑着嗓子叫喊出"我爱你",像电影里那样,而丝毫不觉得虚假,丝毫不觉得说这句话像在演戏。她只要侧过头去端详他,感受到内心的柔情蜜意，立即就会觉得那里再次变得湿润。

再度平静。她觉得有句话一定要问他。有些让人难堪的事，毕竟要放到桌面上来商量。

她的手在他小腹上抚摸。徐向北的毛发是竖直的，像刺猬。向璧的则卷曲如一蓬野菊花瓣。

"你说——拿向北怎么办？"

他沉默。他甚至在床上不抽烟，他很少抽烟，身上没烟味。徐向北却喜欢在床上抽烟。

"我跟他离婚。好不好？"

"不行！"向璧一惊。

"我们俩——这样好……"

他的眼神变得迷离，捉摸不定。孟悠有些担心，他的瞳仁里似乎有一丝愤怒。

她怯怯地说："你可以给他钱——多给点。"

"可是钱怎能买断你们那么多年的生活？钱真的能买到感情？"他冷冷地说。

她害怕。

她抚摸他，想再次爬到他身上。他愤然挺身，她跌倒在他的膝盖上。

他下床，给自己倒上一杯酒。转过头来，他变出另外一副模样。微笑，声音像是《黑郁金香》里的更轻佻的那一个，像那个轻佻的童自荣。

"你就是想得太多。千万千万别认错我这个人……我们这样挺好的，对不对？"

她掉眼泪，猜他在演戏。猜他只是不想毁掉哥哥，不想夺走哥哥的老婆，他是好人。

"我哥哥人不错。"他搂着她的肩膀，摸她的耳垂。

"他不错。可你比他更好，更好……"

十七

徐向北无法容忍这种公然背叛。他相信早晚有一天,徐向璧也敢背叛他。现在不敢,是因为他躲在角落里盯着他。他一刻不敢放松地盯着他,躲在衣柜里,躲在床底下,躲在沙发背后,躲在客厅,躲在卫生间。

他决定迅速下手解决难题。就像在下棋,棋盘上他杀性从来都很重。

十八

孟悠觉得这个人千变万化。跟他的工作有关吗？他真的干过特工？干特工的人是不是都这样？说他伪装作假，有时你会觉得他比谁都真。比日日在你跟前吧唧嘴吃饭，睡觉打呼，不关卫生间的门就呼啦啦小便的徐向北真切一千倍。可你伸手去触摸他，他飘忽得像鬼魅。

她弄不懂徐向璧。一分钟前他像个正派人，一分钟以后，他疯狂地扑到她身上，一边用力，一边还问她："到底谁好到底谁好？是他好还是我好？"

他拿出一张合影照片，照片上是他和向北，肩并肩，一个嬉皮笑脸，一个面色严厉。定睛看，区别又不太大。

他不相信。他要到她家里，到她自己的床上，到向北的床上。好像那样就可以证明他更好。

在她自己凌乱、破旧、散发着陈旧油烟味和马桶管道气味的家里，徐向璧显得温顺而惊恐，好像一头猛兽进入不属于他自己的环境，好像超能的天外来客坠入一个他无法理解的落后星球。

卸下昂贵衣装,他看上去跟徐向北别无二致。在日光灯下,他的身体和向北一样白胖。

"果然是双胞胎。"

"什么?"

她没回答。搂住那具刚钻进被窝的冰冷肉体。卫生间窗缝寒气逼人,她刚把水烧得有点温热,他就匆匆冲洗一番。

一进门,她就吊在他脖子上,把头埋在他怀里。她腻着声音,要拽他上床。他要洗澡。他这会儿觉得自己的古龙水有些浓重,太刺鼻,他担心自己的气味会残存在这个房间里,这是他哥哥的房间。而且,他更喜欢房间里只有孟悠的气味,他从风衣口袋里摸出一瓶五号,左手揉搓她,右手对着她喷香水。现在她香喷喷,还有一丝她自己的身体味道,这他早已熟悉。

黑暗温暖的被窝里,有一种可怜的安全感。狭窄的、容易惊散的安全感。动作迟疑,寒意在被缝间窥测,随时会钻进来。

有人在敲门。

"向北?"他恐慌地低声叫喊。

他猛然掀开被子,跳下床。那张照片飘落在孟悠的肚子上。她坐起身,照片滑到她的腿缝间。

他疯子般在房间里转两圈,突然开始穿衣服。衬衫敞着,领带和袜子塞进风衣兜里,他踩着皮鞋,试图钻进大衣柜,钻到床底下。

孟悠急惶惶扫视一圈。

她把他推到窗口。轻轻打开窗——

"跳下去。"

窗外是底楼人家沿围墙搭建的棚子,围墙外是一条夹弄。

十九

这一次徐向北没有藏身在通奸现场。

他内心充满怨毒。信心完全崩溃。他以为自己不会嫉妒徐向璧,徐向璧有求于他,徐向璧依赖他。某种意义上说,他正在为徐向璧创造真正的生活。不是徐向璧从前那种虚幻的、让人难以捉摸的生活。他正在给予徐向璧一个能让徐向璧安然行走大街、结交朋友恋人、像正常人那样生活的身份。而徐向璧却在背叛他。还有他的老婆。

他藏身在门外,在楼道里,在楼梯夹角。他计算时间,不要等太久。但要让心中怒火逐渐积蓄,让它足以爆发成一座火山。在他想象中,有一对无耻男女在他自己的床上抽搐、呻吟。天知道她有多难看,天知道她那副淫荡的模样有多难看。

这会儿,他真的准备去敲门。不要惊动邻居。楼道里有脚步声,有人在开门、关门。

他一直等到廊梯安静下来,等到整幢房子都安静下来。

他敲门,只敲两次,一次三下。

……………

他在等待。他不想看到赤裸裸的身体。等她收拾好自己吧。给她一点时间。也给自己一点时间,平复一下激动情绪,调整呼吸。大口大口抽香烟,烟头上的火光在楼道里闪烁。

二十

  他柔情顿起。她真好看。即便惊魂未定，仍然那样妩媚好看。在寒风里等待那么久，他依然能闻到从她身上散发出来的那股骚味……
  "真的是你？"
  他狐疑地望着她。
  "你在干什么？这么久才开门？"
  "睡觉。"
  "睡觉还喷那么多香水？"
  她惊慌地扫一眼窗户。居然没有察觉窗子的问题。徐向壁跳出去时，忘记带上窗子。寒风不断灌进来，席卷着窗帘。
  他用吓人的眼神盯着她看，疑虑、诡异，又有一丝忧心忡忡。他看看她，再看看窗子。他走近窗口，向外张望。
  被子热腾腾掀开，床单皱成一团，有点湿。
  徐向北走过去，摸摸被子，又摸摸床单。他转身走进卫生间，浴缸是湿的，缸沿上粘着根毛发，卷得像条虫子。

他走近她，用手背试试她的脸颊，滚烫。

突然伸手插到她的腿间（她慌里慌张穿上向璧送她的那条丝绸睡裤），温暖——但隔着薄薄的裤裆，他摸到一片黏湿。

他疾步跑到床边，掀开被子，风吹起一张照片，飘落在地。

他捡起照片，双肩一矬，愣在那里——

孟悠在他的背后，望着他。

是他？

是他。事到如今，她反而泰然。

"你不在家。我没钥匙。给小戚打电话。我以为你跟她在一起。她告诉我你被我弟弟接走。"

"她说他天天都来接你。"

你不知道吗？真真叫双胞胎，那么像。（这毫无意义的说法算是在安慰他？）几乎每天都来，开着轿车。

小戚小戚，她恨恨地想。可该来的总归要来。事到临头，女人总比男人多嘴，女人也会比男人更加镇定。

"这样也好，我们离婚吧。"

他抽烟。一根抽到一半，就接上另一根。

你吃点东西吧。他们面对面坐在饭桌上。就像平时。

"他怎么会来找你——怎样开头？"

"有个箱子要我帮他藏起来。很危险，知道的人越少越好。他不让我告诉你。"

徐向北不让她帮忙，自己钻到小阁楼上，找到箱子。

密码箱放在桌上。

"你别打开它吧？人家的东西——"孟悠还是有些担心。她还害怕什么呢？难道箱子里会是一颗炸弹？就算是炸弹，这会儿应该也没什么好怕的啦。

他尝试几个数字。打不开。

他想想,点上一根烟。再次转动密码锁,试试看519。

啪,箱锁跳开。

她奇异地瞪大眼睛。

"他的生日。也是我的生日。"

箱子里有很多钱。现金。钱上遮盖着一沓文件。文件的上面——赫然是一把手枪。

二十一

孟悠越想越害怕。像是有双金属爪子攫住她的心脏,越捏越紧。

整整一夜,徐向北坐在桌边,在黑暗里不停抽烟。烟雾在月光里盘旋,像是银白色大理石表面的暗色花纹,转动上升,让人头晕目眩。一星火光在烟雾后面闪烁,他的脸忽暗忽明。猛吸一口时,红光洒在桌上。他的手垂在桌面,紧紧抓着那把枪,在月光下像一头孤狼的下巴。

是周末。连着两天都不用上班。徐向北仍旧保持沉默,偶尔出去一趟。回来后又坐在那里,抽烟,玩弄着那把手枪。她知道徐向北会摆弄枪,他参加过民兵集训……

一把枪——就他的感觉而言(在他记忆的最深处,他无意识的直接反应)——首先是一件玩具,其次才很可能是一件可以用来杀人的武器。他爸爸刚来上海时,常常把枪带回家,拆下弹夹让儿子抱在怀里。徐向北打小就会玩枪,喜欢玩枪(哪怕是一支玩具枪)。他把枪抓在手里,那个神气劲儿,就跟姜文那样。

她坠入恐惧的深渊。周而复始进入同一个梦境,有时破碎,有时完整，场景是同一个密闭的空间。就好像这多面体的梦境在每一面都开着门，有无数扇门，每次她都从不同的门进入。又好像她在观看由无数台摄影机从不同角度反复拍摄的场景……巨大的水晶灯突然从吊杆上断裂，砸向她和徐向北。徐向北向后仰倒，四肢伸展倒在她面前的地上。倒在地上的徐向北突然变成赤身裸体的徐向璧，阴毛像一蓬野菊花瓣，卷曲、绽放。黑色的液体从花瓣里往外冒，过好久她才发现，那是汩汩喷出的血。奇怪的是，有一次她忽然发现那吊灯不是从头顶上，而是从侧面向他俩撞过来的。

她再也无法忍受。明天是上班的日子，她要想办法联系徐向璧。

二十二

徐向璧给过她三个电话号码。第五次拨打第二行数字——

"别害怕——你晚上来。我来想办法。"

"哈哈哈——"他在电话那头大笑,"别担心。我哥是个老实人。"

最让人害怕的就是老实人,老实人突然发起疯来,后果谁都无法预测。

"我不怕他。我解决他。"电话那头传来冷冰冰的声音。她越发惊恐,惶惶不可终日。

西郊别墅区。占地广阔的围墙内树林茂密。徐向璧知道孟悠认得这个地方。有一天,深夜。他突发奇想,叫醒孟悠,把她从滚烫的床单上拽出来,让她穿上丝睡袍,披上羊绒大衣。他自己则裸着上身套进羊绒大衣里。

他要与她在月光下野合。

四周是幽深林子,草坪被树林包围。几只秋虫顽强地鸣叫,似乎那样能抵御寒风。漆黑的草,露珠在草丛顶部银光闪闪。暴露的身体白得刺眼。她不觉得冷,粗糙的树皮透过羊绒、透过丝绸擦破她背上的皮肤,她也不觉得疼痛。

但今晚她觉得冷。冷得刺骨。她害怕——

整整一天,她都觉得背后有双眼睛在盯着她。她没有责怪戚老师,但她不想跟小戚说话。这样一来,她越发孤单。

向璧背靠着树干,抱着她。

"为什么不去房间里?我害怕——"

"要真按你说的,向北跟踪你。你不懂。在房间里——他在暗我们在明。空旷的地方更好些。"

她听不懂他的话。但他在抚摸她,让她安心。

"况且,"他在给她讲道理,"万一闹起来,这里更好些。别墅有服务生,有保安。两兄弟闹家务,可别弄成犯罪案件——"他呵呵笑,像是在解嘲。

闹家务,他说得多轻松。

其实他是不想闹出太大动静来吧?他是个缺少合法身份保护的人呢,他是个"黑户口"呢。孟悠静静地想。她觉得自己越来越喜欢他,离不开他,也对他越来越宽容。他会杀掉徐向北吗?她陡然翻过来想这件事情。

"你可别——杀掉他。"她低低的声音在风中回荡。

"别瞎说。再说,枪在他手里。"

"他搞不过你的。你是特工。你受过训练。你会夺过枪来,把他杀掉——"她越说越轻,泪水泫然。连她自己也说不清,这话里有几分是担惊受怕?有几分是为这对双胞胎兄弟惋惜?甚至——有几分是暗暗希望?希望这一切有个结局,终究要有个结局。

他突然问她:"如果这一切终究要有一个结局——你希望是

谁?"

"谁?"

他的嘴角紧绷,在月光下像是一种诡秘的笑。

"这样说吧,如果你必须选一个,你希望由谁来杀掉谁?"

她不知道。她不知道。她被这问题逼得有点疯。她是在发疯,努力挣扎,想要逃出这个惊悚的梦境。她一把向下掏去,抓住徐向璧的裤裆,用力拽他的拉链——

沙沙声。像是脚步声。像是皮鞋踩在树叶上的声音。枯枝断裂。月色晃动,像是有黑影在小树林里奔跑,转着圈奔跑。她的手一紧——

徐向璧大叫:"是谁?"

没人回答。沙沙声暂停。万籁寂静,只有风吹过树梢的声音。

"是向北哥吗?"徐向璧再次高声喊叫。

孟悠的心脏快要停止跳动,又像是要从嘴里跳出来。她捂住嘴巴——

"向北哥,你出来。我们好好谈谈。"

孟悠失去控制,冰冷的泪水滑过脸颊,滴落在徐向璧的手上。她从未感受过如此的惊恐,连身体都无法自控的惊恐——她觉得连小便都快要失禁。

咚!树林里一声巨响。火光闪动——

徐向璧一声大叫,伏倒在地。孟悠双腿一软,跪落草丛。良久,她才发现裤裆里又热又湿,她怀疑自己已尿在裤子上。

"别跑!你别跑!"

徐向璧一边大叫,一边弯着腰向前奔跑。他在树林里奔跑,绕着树干迅速移动。孟悠隐约看到他身前的黑色人影,旋即消失在树林里。

好久好久——好像相隔一万米以外，又是两声巨响。

咚——

咚——

二十三

五个小时以后。

接近凌晨时分,孟悠站在家门口。门缝里有灯光,冰冷的钥匙攥在手心里,她不敢插入匙孔。

门后有人走动,挡住光线。

良久,他说话:"是谁?孟悠?"

是谁?隔着门,她疲惫万分,仍旧惊慌错乱,她分不清。是徐向璧还是徐向北?她到底希望站在门背后的是谁?是向北?是向璧?

门开,日光灯刺眼,她分不清站在面前的到底是哪个。披着黑色的羊绒大衣。她这才想起来,徐向北不知从何时起,也剪成一个平头——

面对面,一个站在门内,一个站在门外。目光疑虑,互相审视。街上传来板箱和牛奶瓶的碰撞声,孟悠打个寒战。

"进来吧。"里头的人让开身。

他用力推,门撞到墙上。她暗想,这笨拙的动作是徐向北的。

他像是知道她的心思：

"你希望我是哪一个？"

她不敢说话，盯着他看。

"我是向北。"

她心里一沉。好像突然发现失落什么宝贝，再也无法找回。

"失望？"他冷笑。

她软软地坐到椅子上。她猛然站起身，冲到衣柜前拉开抽屉，翻出几件衣服，又匆匆奔进卫生间。

她走出卫生间，像个女战士。冰冷的声音像在指责——

"为什么你穿着他的衣服？"

她盯着他看，发现他耳边的擦伤。他的手——指甲上有大片污渍，像是被什么颜色染过，又氧化变黑。

她嘶哑着嗓子喊叫，声音出来却发现近乎耳语：

"向璧他人呢？"

"我怎么知道？他不是跟你在一起吗？"

她一阵心痛。可还是希望自己别这么快就相信——

二十四

日子过得意外宁静。她上班,下班。他在忙碌。

今天,他搬回家一台电视机,明天,他又搬回来一只冰箱。他跟她商量:"东芝好不好?我喜欢东芝。"

"Toshiba—Toshiba,新系代滴东机。"他学电视广告里的唱法。

浓密的阴影只笼罩在她一个人的心上。

三天后的一个深夜,她起床上厕所,看到一只钱包掉落在椅子旁边,是从徐向北的衣服里掉出来的。她悄悄捡起,在卫生间里翻开。

钱包里有几张定期存单,分存好几家银行。数字超乎她的想象,最大的一张上写着"拾柒万元整"。

一星期后,她独自在家打扫房间,从床底下翻出一只破旧的旅行袋,赫然发现里面装的全是徐向壁的衣服。她熟悉这些衣服,她曾亲手从一具活生生的肉体上剥下它们。

衣服染上大片奇怪的颜色,像酱油(应该说像老抽),散发着一股奇怪的铁锈气味。她翻开衬衫,在腰胁部位,在最底下那颗纽扣旁（徐向璧会把衣服的这部分塞进裤腰，因此它是整件衬衫唯一显得皱巴巴的地方），有两个洞眼，洞眼四周有烧焦的痕迹。

她往包底下翻，手指一痛。拿出手，手指已被划破，一滴鲜艳的血染到那件衬衫的领子上。她小心地伸进手去，赫然拿出一把锋利的宽刀，刀背有一厘米厚，很少有人买回来家用，是肉店里用来切大块骨肉的砍刀。

她心慌得快要昏过去。但她勇敢地把包完全打开，在最底下，看到一柄雪亮的钢斧。

当啷，斧头掉落到地板上。她自己则掉落到冰窟里。她恍惚觉得自己在冻得人心脏发麻的冰水里下沉，下沉。

二十五

她的脸色苍白。她六神无主的样子让戚老师担心。

"你这两天怎么啦？没精打采——"

"我哪有怎样啊？"她打断小戚。

"失恋吧？'若得叔叔这般雄壮'——"戚老师教语文课。

她猜想这不是什么好话。心里发冷。她一直与小戚最亲密。

"你烦不烦啊你？"她低头，抱着暖水杯，蒸汽顺着她的鼻子向上升，润湿她的眼角。

"我劝你省省，"小戚有点生气，"要在以前，你这就是资产阶级腐化堕落的生活方式，立即调离教师岗位。决不能让你带坏孩子。也就是现在——"

"你说现在这是个啥世道啊？"小戚忽然又转怒为喜，"你说说看这是啥世道——"

她忽然咯咯咯笑起来。前仰后倒的。无论何时何地，小戚总想扮演成一个开心果。

"今天中午，我不是去做头发吗？人不是很多吗？我不是坐在那儿等吗？老陈在跟一个客人吹牛，说现在啥妖孽都有啊。有个男的对老陈说，他出十倍的价钱，要老陈……要老陈……"她笑得上气不接下气，"要老陈帮他烫……帮他烫……他要老陈把他下面的毛拉直……"

"老陈说，"咯咯咯——"大头本来就比小头大十倍，再加十倍……那是多大的赚头啊？你说说，他多会算……"

"那人问老陈，那他原来是个啥式样？"

"现在小年轻不都喜欢烫个爆炸头？"

咯咯咯——

孟悠笑不起来，她哪有心情听笑话。

二十六

孟悠都快要崩溃。

他看在眼里,有些心酸。照片在窗台上,面朝下,灰扑扑。

她想干什么?今天下班时,她不走平常的路,绕一大圈是想干什么?她在风中低着头,脚步踟蹰,若有所思,她在想什么?

她路过公安分局,停下脚步——

他大惊失色,但她疾步走过大门。

他要阻止她。他从哈尔滨食品店买来花生排,他知道她喜欢吃这个。他去华山路那条窄巷,在弄堂深处找一间小店。有人跑去东京,不肯打工挣钱。有人在上海开一家专卖日本高级衣饰的小店,铺子里陈设的全是赃物。

他挑一双鲜红的皮鞋(怎么可能给羊皮染上如此艳丽的红色?),金色的扣眼,金色的鞋带。孟悠老想要一双红皮鞋,这是他不知道的。但她告诉过徐向璧。

任何微小的细节都会惊动她,她一触即发。

她用奇怪的眼神望着他:"你怎么会买这个?"

你怎么知道我想要一双红皮鞋？他告诉你？他把一切都告诉你？你们这对混账双胞胎，到底在背后说过我什么？你是谁？你到底是哪一个？

她理不清头绪。她觉得自己掉落在一条阴险的谜语里，所有谜底都会变成新的陷阱。

"你去自首吧……"她自己也不知道这想法是从哪儿蹦出来的。

"你胡说什么？"他厉声呵斥。他一口喝干水杯，觉得水里有股发酵般的怪味。

二十七

他自己也迹近崩溃。他决不能让孟悠发疯,决不能让她毁掉他。毁掉这一切,毁掉他的好运气,毁掉这精心设计的假象,毁掉他几乎要触摸到的、几乎要成真的美好生活。他不能让她毁掉这个家,还有——他的钱,那一大堆钱。

他设想过,告诉她故事的另一个版本。人究竟会喜欢哪个版本,这一点最难测度。一出由性格多多少少有些怪异的主人公出演的喜剧?还是一部惊悚电影?人会在多大程度上相信生活的严酷性?或者,索性一个弥天大谎会更加让人家满意?

最难以判断的是人心。在孟悠心里,更希望故事朝哪个方向发展?她想要个怎样的结局?

在她的内心深处,究竟哪一个是她真正想要的?一个传奇般的情人吗?或者,她终究想要回到日常,回到她久已熟悉的生活中?

那些气喘吁吁的、如呻吟般吟唱出来的剧烈情感到底有多少真实性可言?在那架不可捉摸的天平上,日积月累的习惯会比电光石火间爆发的快乐更沉重?

  他不得不赌一把。翻开她内心的底牌。用他所有最美好的东西来下注,赌的是她那颗已被撕成两半的心。

二十八

"我要把一切都告诉你……

"你看到的每一件事,你就当是一场梦幻……

"都是假的。假的……"

他片刻停顿,他持续,就像在吟诵一首传奇诗。

"我就是徐向璧。我是徐向北,但我也是徐向璧……"

二十九

她知道他一定会说出真相。她藏着说真话的小药丸。她从沙发下捡出来，偷偷藏起两粒……她把两粒全都放到他的水杯里，亲眼看到他一饮而尽。

她当真想弄清真相吗？

三十

国庆节。那是两个月前。（国庆节，你记得他在单位值班的那天晚上吗？）

"你多半是不记得——你一向不关心我……我在家，我不在家，对你来说都一样。你总在看电影，看小说。你不记得那天我还特地把学校的放像机借回来，好让你晚上有消遣的节目？"

（你说的都是实话吗？真相就是这样吗？）

那样一来。他一个人值班，可就没什么好干的啦。一个人，只能喝酒。酒喝完……（她记得他喝醉的样子，把楼梯转角当成沙发，坐着坐着就躺倒，一觉睡到第二天早上。）

他决定再弄一瓶酒去。

那天夜里，街上特别亮。国庆节放灯，还放焰火。行人如虫蝇拥聚在光亮处。烟杂店却都关着门。

"从门房边小铁门走出来，我挑一条无人小巷。我可能有点醉。那条巷子我从未去过。好像有点迷路。上海这些里弄……哪儿哪儿都是通的，哪儿哪儿都走不出去。"

（她望着他，觉得他此刻也似醉酒一般，语无伦次。）

他好像走入一个迷宫。像是在一个地方绕。棚户区，没有路灯。有些路，连自行车都过不去，人要侧着身才能走过去。

路越走越黑。

"……我记得先前就到过这里。一大块空地。两边是围墙。围墙下堆着黄沙，堆得好高，连围墙都被遮住。我记得清清楚楚，另外两边，有好多小巷，我就是从这些小巷里走进来的，可我每次出去，绕着绕着又绕回来。"

（你一向如此，从前在公园里你不知要带我走多少冤枉路。）

第三次，他忽然发现地方有点变样。他记得清清楚楚，沙堆、柏油纸盖的大棚……还有好大一棵桑树。

"我认得那树叶。但这会儿地方有些变样。过一会儿我才发现，这地方比先前亮一些。先前这里一片漆黑。"

他走过去才发现，在两堆沙子之间，停着一辆小卡车，白铁皮钉的车厢。驾驶室的灯开着，可没有人。

"鬼使神差，我想坐到驾驶室休息一会儿。很困，酒意有点上来。坐在那里我腰酸背痛，驾驶室很小……"

又是见鬼一样，他想到后车厢去躺一会儿。

堆着好多纸箱……

他躺在纸箱上，其实是靠着。半个身体压在箱子上。一个翻身，箱子被他压扁。打开箱子……

"天啊！我看到好多钱。好多好多钱，数都数不过来……"

（你读过《基督山伯爵》吗？）

"说实话（当然，你说的都是实话。）……我当时连想都没想。我想搬走箱子。我不想干坏事，可一下子看到那么多钱……"

他又累又心慌。他本可以抓一把走人的。

"其实我可以抓一大把就走人的。可我连个纸袋都没有。我在衣服兜里塞上两把。可我还是想把它们全带走……"

急中生智。人有时就会这样，一急就急出个办法来。他望着那几大堆沙子，忽然计上心来。他把装着钱的箱子全都搬下车，把它们全埋到沙子里。手指很痛，可他找不到工具。

"天知道我挖了多久。挖得很深……"

他害怕。

"不知这些钱是怎么跑到这里来的。这是谁的车？那么多钱……"

"我怕找不到回来的路。幸亏口袋里有个粉笔头。不知从哪里捡起来，塞进口袋的。我一路在墙上画十字，碰到每个转角都画一个。我想下一次来，我会找到这地方的。"

第二天，他果然找到这地方。迷宫般让人晕眩的小巷，天一亮就变得简约。这会儿他完全知道该怎么走，粉笔记号纯属多余。

警车刚走……围着好多人，议论纷纷，有人告诉大家，警车刚走。昨天半夜这里像打仗一样，两帮人在这里打架。真的像打仗一样，不光动刀子，听说还有枪。

他担心箱子不在沙堆里。公安来过，搜索现场一定很仔细。他有点失望，也有点庆幸，前一天晚上他喝得太多。胆大包天，谁知道这些钱从哪儿来？

他们说，其中一批是从黄浦江运虾船下来的。沿着巷子往南，的确能走到江边，王家码头。

"可我想想不甘心……"

夜里他决定回去。

"你记不记得，国庆节第二天，我告诉你老何有事，跟我商量，要我再代他值一晚。"

箱子竟然还在那儿。整个夜里他都在搬运这些钱。

"我该把那些箱子一块儿运走的。该把那些箱子扔到苏州河去。他们说，你一碰到什么东西，那上头就会有你的痕迹。指纹啦，气味啦，他们说警犬很灵的。可我来不及搬走它们啦。"

他只能一点一点运钱。背着大旅行包，骑着自行车。那是国庆节，街上有很多公安，还有联防队。幸好那天是国庆节，大家都很高兴，连公安都很高兴，懒得找事儿。

他把钱都埋到楼下花园，用铁锹挖很深的坑。

"提前一天我就开始挖，你记不记得我说想从学校里弄棵枇杷树苗？"

他把家里的马夹袋全用完。

"把你那些藏着的旧马夹袋全拿出来。你后来问过这些袋子的去向。"

他把钱一袋袋分开，没数，数不过来。他把钱全埋到坑里。

他整天都在担惊受怕。不敢去打听。各种各样的念头钻到脑子里。公安会不会正在追查这些钱呢？沙子里的空纸箱早晚会被人发现的。

"我祈求发现得越晚越好，等气味都跑光，就不怕那些狗啦。"

"我猜想这些钱的主人，一定都是干坏事的。不然哪会有那么多钱，还都是现金。我猜想那是些大毒贩，或者大走私犯。天知道要走私什么货才用得上那么多钱。这些人连公安都抓不住，可见本事也不比公安差多少，要是连这些家伙都在找这些钱——天哪，谁要丢这么多钱，都会想办法去找回来啊。"

他不敢拿着钱去存银行。听说人家可以从银行查丢失的钱，钱都是有编号的嘛。香港电影里不是说有种办法，拿荧光粉撒在钱上，这钱只要一拿出去就会让人发现吗？他一张张翻那些钱，好像没看到什么特别的地方。钱也不连号。

隔好几个星期，他才敢取出一点钱。

"很少——我是说，在那堆钱里，这就算是很少一部分。我试着存银行，先存一千。没有异常动静。要是银行有人拿住我，我会说这钱是街上捡的。哪里捡的我也早就想好啦。"

又隔一个星期。他觉得这钱大概没啥要紧啦。报纸上也没说什么，公安局大门口也没贴什么布告。真逗，那几天里街上连寻人启事都不大看到。后来才听说是整顿市容。

"可我不敢把这事告诉你。你那胆子，实在是太小。我觉得我要是告诉你，你一定会去公安局报案。我得给你找个理由……"

"有那么一大笔钱，我一定要让咱俩过好日子。可我就是不敢告诉你。得有个说法……要不然，把这些钱搁在你跟前，怕是你连觉都睡不着。"

三十一

她凝视着他熟睡的面孔，无法置信。她盯着他不时跳动的眼皮，直到他醒来。已是半夜——

"这都是你编的！"

"这些都是假的？"她盯着他看。

日光灯闪烁几下，"嗒"一声，熄灭。徐向北爬上桌子摸索一阵，灯又亮起。

"挣到大钱的弟弟，要送点钱给哥哥嫂子用。你心里会踏实些。"

"徐向璧是你自己扮演的？"她像是有些想明白，又像是更加糊涂。她狐疑地望着他。她隐隐觉得其中有一个悖论。一个无法绕出的逻辑：如果根本就没有徐向璧这个人，那两粒药丸还有效果吗？如果连药丸都是假的，那她如何能相信他在说真话？

"我一出差，他就可以来看你。"

"你给我说实话，你到底有没有一个双胞胎弟弟？难道你那么多年一直在给我编故事？"

"我倒是有个哥哥。很久很久以前就跟着我妈回到北方老家。"

"那药是哪里来的?"

"安眠药。我把它溶在酒里。你喝下去不到半小时就睡着。"

她恨恨地想,要是有多一粒,她一定会找人去化验。

"可那枪?"

"仿真玩具。"他突然从怀里掏出那把枪,摆到桌上。他把弹夹退出,拨出一粒子弹——

"看。塑胶子弹。"

"那张照片呢?"

"随便哪家照相馆,都可以印出这样的照片。他们把这个叫作艺术照。有些人喜欢把自己打扮成女人,让这个女人跟自己合影。摆一个姿势,拍一张,再摆个姿势,拍另一张。他们就能把这两张照片拼到一起。"

"那天晚上你敲开门,你闯进来——"

"十点钟左右,总是有人在敲门。"

她仍旧疑虑丛生。她抬头望着他,像是望着一个阴险的陌生人。

"那些衣服呢?那衣服上的洞呢?"

他望着她。连枪都是假的,哪里来的枪洞?

他摸出烟盒,掏出一根来,又把烟塞回盒里。

他把所有的事情,按照日期告诉她。他怎样安排所有的细节,安排室内的灯光、散步的路线。他如何设计,让自己一步步接近她。他要想象她是他从未见过的女人,想象自己从一个全新的角度观察她。他像是在对她解说一部电影的情节,可他说话的样子,怎么看都像一个彻头彻尾的阴谋家。

"为什么你要让我……为什么你要把我……?"

她没能说出口。他懂她的意思。他望着她,眼神里充满无奈。像是想要告诉她,他对此无能为力,他也无可奈何。那不是计划的一部分,那完全超出他原先的想象。

她觉得羞愧难当。像是被人从一场戏里拽出来,从一场她狂热投身其中的表演情境一把推出来。好像是突然之间,她就冷静下来,察觉自己先前的表现那样夸张,那样傻乎乎,那样不得要领,她既觉得尴尬,又感到愤怒。

那个她近来一直扮演的角色,那个她一向以为是她的本质、是另一个真正的她的女人,她敢于在徐向璧面前呈现的女人,此刻孟悠却无法忍受让她暴露在徐向北面前,就好像,一旦透过徐向北的眼睛,透过他瞳仁的反射,那个形象是如此虚假,如此做作。

那些她以为自己感受过的巨大快乐,那些梦一般的身体快感,如今变得确实像梦一样虚幻,甚至像是在一场梦里做过的另外一场梦。

她觉得虚弱。勉强站起身,她想去睡觉。好像她觉得只要再睡一觉,就可以从这一连串的梦里真的醒过来。

三十二

  他小心翼翼地审视她。他想,是时候啦,该行动啦。这是唯一的机会,他有可能完全失去她,既失去从前的那个孟悠,也失去他刚发现的这个让他惊心动魄的新孟悠。但他也可能全都能得到,不仅重新夺回那个旧的,也得到这个新的。他一度觉得自己不在乎那个旧的……
  在黑暗里,他向这两个女人冲过去。上一次,是徐向璧趴在她身上,他自己躲在阴暗的角落里。这一次,他要夺回他的权利,让徐向璧滚到那个角落里去吧,这两个女人,都是他的。

三十三

像是有两个男人在同时强暴她。她的身体好像在被左右攻击，应接不暇。她睁开眼睛，看到这一个，闭上眼睛，又看到另一个，她的心好像被撕裂成两半。

现在，两个男人又合二为一。而孟悠，与那个从前只存在于想象中的孟悠，也从未如此相容、如此安宁地共存一体。

她在黑夜里叹息。

如同所有最美好的时刻一样，两分钟内一切都烟消云散。她伸手去摸他，沿着他的小腹——她摸到一把脆硬的毛发。不是那蓬柔软卷曲的野菊花瓣，也不像挂在墙上的那把鬃刷——很久以前她偷偷这样想过，那时她刚跟徐向北结婚。她甚至觉得有一丝烧焦过的味道，残存在那束毛发上，粘在她的手指上。

你到底是谁？疑虑再一次涌上孟悠的心头。

三十四

一个月后,孟悠在待洗的夹克口袋里看到一张照相馆发票。她一直都不敢去看看那家照相馆。

直到第二年春天。

春天,人不会那样紧张。春天时,人会懒洋洋,会做出一些你在冬天不敢做的事情。

她一头撞进那家照相馆,选中一个和气的老师傅。她拿出那张偷偷藏起来的照片。

"师傅,我想跟你打听打听——"

"你记不记得这个人,"她把照片转个方向,"他来拍过这张照片?"

"是啥时候的事?"老师傅在端详照片。

"去年秋天,国庆节后——"

"不记得。挺眼熟的——上这儿来拍照片的双胞胎实在太多啦。"

"不是双胞胎。这是一个人啊。是拍两次,把两张照片合在一起的。"

老师傅再次仔细看那张照片。

"我们这儿从来不做这种照片。没这个项目。这种照片你要到福州路上海市摄影图片社去做。"

"再说——"老师傅把放大镜对着两个人当中的那部分,"不像——这不像是做出来的。哪能做得那样好,天衣无缝。这明明就是一对双胞胎嘛。"

三十五

孟悠从未向任何人提起过这些事。她把所有的疑问都压在心底。

怀疑,是人类所有的念头里最虚妄的东西,最容易消散。不用多久,她就会忘记这一切的。

他们俩现在过得很好。很富有。股票价格指数跌至287点时,他把一大笔钱存入证券公司。一年以后,股指就回到700点以上。他现在很快乐(只是很少再有时间去下棋)。人变得很沉着,不太喜欢说话。他一直对她很温顺,甚至比从前更温顺。她想要什么,没等她说出口,他就会给她买回来。

也许三十年后——不,也许等到七十岁时,她才会再次想起这些事情。

后　记

小说的抵抗

《封锁》为这些身处乱世却依旧想维持日常生活状态的人物设计了一个戏剧性时刻，一个封闭空间，以及一个由恐惧、饥饿和杀戮合围而成的更封闭、更狭窄的精神封锁圈，以此展现他们的生存技巧和人性。

根据我们的经验，在那种情况下，人性往往会倒向"坏"的一面，因为自尊、信任，很多时候只是一层脆弱的外壳。剥下这层外壳，很多人会变成一种软体动物，再也没有什么东西可以支撑。

可是《封锁》中的鲍天啸出人意料，在那个逼仄恐怖的舞台上，他演了一出好戏。他先是出之以轻佻态度，似乎对危险处境浑然不觉，别人避之唯恐不及，他却自己找上门去。某种程度上，这就构成了对日军暴行的蔑视和调侃。他所采用的方法，准确的说法是"淘糨糊"——沪语中一个使用了相当长时间的俗语，意思是面对严重事态，却用糊弄来完事。这种行为方式是一种随随便便的机会主义，特别像生活在此间的人物的某种特定处事方式。他们相信大事可以化小，小事也可以化无，而且就在这个化的过程中，你也可以顺便捞点好处。鲍天啸捞到的好处就是各种美食。在这种情形下,诱人的美味佳肴变得有点让人害怕,它们竟然和封锁杀人的暴行一起,构成了对小说中人物的重重逼压。

从好的一面说,这种人生态度是乐观的。但另一方面,它有些赖皮,有时候成事不足,既给别人增添麻烦,也给自己带来麻烦。这一次,他就被糨糊粘上了,糨糊变成了危险的泥泽,他越陷越深,最终不得不正面接受真正的人性考验。

一部小说让他胜利地通过了这场考试,他自己写的小说。一部俗气、充满陈词滥调的小说。这部假想中的小说里出现的几个片段,实际上来自旧上海著名作家包天笑《钏影楼回忆录》中的一两件逸事。当然,鲍天啸写得实在不如包天笑。鲍天啸身上丝毫没有那种名士气,小说写得俗不可耐。就是那么一部艳俗、老套、哗众取宠的小说,悖论般地让鲍天啸选择了去当一名英雄。

从某种意义上看,这是小说的胜利,虚构故事的胜利。即使是最滥俗的小说,也有可能让人暂时抬高视角,越过封锁,摆脱宿命般无聊的日常生活;发动他们个人的、勇敢的进攻;制造他们个人的却属于人类历史的传奇事件——"事件是超越其原因的结果"(齐泽克),世界在因果论的撑竿跳高中前行。

与此相同,《特工徐向璧》描绘了虚构故事对现实生活的另一场抵抗。一对平凡夫妻,既厌烦人生,也相互厌烦。也许就此永远厌烦下去,也许未来某一天,行至某处突然脱轨。而此刻,他们选择了自主脱轨。男主人公自己挑选了一条情节线,为自己重新设定了角色身份,诱惑女主角进入新的故事脚本。读者不知道结局算不算得上一场胜利,但至少他们的世界从此不同以往了。

总有人在说,生活比小说更精彩,听起来很有道理,于是他就不去读小说了。但说的人没有意识到这样一个逻辑陷阱：当他说生活比小说更精彩时，他是在用小说的标准来衡量，来比较两者高下。事实上倒是可以这么说，因为小说提供了某种标准，生活才有可能变得更精彩。小说能够让生活更简要、更准确、更有意义，小说也能让生活更加变化无穷。即使是人工制造的"西部世界"，也需要几条故事线，才能让那些机器人动起来。

《租界》

小白 著

老上海是个"吃人"的地方,
有风情万种,更有杀机暗涌!

打开天猫
扫码购买

《风声》

麦家 著

经历过大孤独、大绝望的人，
会懂得《风声》给你的大坚韧和大智慧。

打开天猫
扫码购买

《生死疲劳》

莫言 著

不看不知道，莫言真幽默！

打开天猫
扫码购买

《莫言的奇奇怪怪故事集》

莫言 著

或许只有莫言这么大的脑洞，
才能带你去人性深幽处探险！

打开天猫
扫码购买

激发个人成长

多年以来,千千万万有经验的读者,都会定期查看熊猫君家的最新书目,挑选满足自己成长需求的新书。

读客图书以"激发个人成长"为使命,在以下三个方面为您精选优质图书:

1. 精神成长

熊猫君家精彩绝伦的小说文库和人文类图书,帮助你成为永远充满梦想、勇气和爱的人!

2. 知识结构成长

熊猫君家的历史类、社科类图书,帮助你了解从宇宙诞生、文明演变直至今日世界之形成的方方面面。

3. 工作技能成长

熊猫君家的经管类、家教类图书,指引你更好地工作、更有效率地生活,减少人生中的烦恼。

每一本读客图书都轻松好读,精彩绝伦,充满无穷阅读乐趣!

认准读客熊猫

读客所有图书,在书脊、腰封、封底和前后勒口都有"读客熊猫"标志。

两步帮你快速找到读客图书

1. 找读客熊猫

2. 找黑白格子

马上扫二维码,关注"**熊猫君**"
和千万读者一起成长吧!